航空自衛隊
副官 怜於奈❷

数多久遠

ハルキ文庫

角川春樹事務所

目次

プロローグ

斑尾怜於奈《まだらおれおな》二等空尉《にとうくうい》は、迷彩服の袖《そで》をこっそりとたくし上げ、腕時計を確認する。時計はＢＡＢＹ－Ｇだ。女性向けのＢＡＢＹ－Ｇよりも、大型の時計の方が好みだったが、細い腕にバンドが長すぎた。

司令官室に入っていた幕僚《ばくりょう》が部屋を出てから、三分ほど経過している。それでも、司令官が登庁してから今まで、幕僚が入室していない時間を累計すれば三十分近くになる。時間は十分にあったはずだ。そろそろ声がかかるはずだった。

お昼が近づくと副官室に置かれた待機用の椅子《いす》は空き始め、迷彩服が減ることで、見た目は普通のオフィスに近づく。報告や決裁でＶＩＰの部屋に入り、お昼休みの時間にまで及んでしまうことを避けるためだ。ただ、中には空気を読まない幕僚もいる。そんな幕僚には、南西航空方面隊司令官の副官たる斑尾は、一応声をかけてやることにしている。

「そろそろお昼なので、午後にした方がよくないですか？」

それは、司令官のためでもあったし、食堂に行くタイミングがずれ、気を揉《も》む給養小隊のためでもある。それに、幕僚本人のためでもある。予想以上に報告や決裁が長引きお昼時間に食い込んでしまえば、大抵は本人もいたたまれない思いをする。

「報告だけだから、すぐに終わるよ」と言う幕僚には、報告内容を見せてもらうこともある。

「あ、このランディングギアトラブルの件は、やばいかもしれませんよ。さっき、九空団司令から電話がかかってきてました。直接何か報告を受けているかもしれません」

ちょっとした情報だが、教えてやれば、慌てて確認しに戻る者もいる。

幸い、この日はそんな必要もなかった。今、司令官室にいるのは司令官本人だけだ。モーニングレポート、通称MR《エムアール》と呼ばれる毎朝の報告会で、司令官が追加報告を指示した事項の報告も、すでに全《すべ》て終了している。

斑尾は、パソコン作業をしながら、腕時計と机の上に置かれた呼び出しランプを、ちらちらと見ていた。

「副官、落ち着かない様子ですが、何か気になることでもあるんですか？」

声をかけてきたのは、副官室の一番奥まった位置に席がある副官付、村内直治三曹《むらうちなおはるさんそう》だ。斑尾以外は、真っ黒に日焼けした者ばかりが並ぶ副官室の中でも、ことさら黒い。趣味のウインドサーフィンで焼けたのだ。

村内の席に座って視線を上げれば、斑尾の横顔が見えたはずだ。斑尾は、副官室の入り口を正面に見る位置に席がある。

　普段はそんなことはないものの、今日は司令官室から幕僚が出ている間は、何度も腕時計と呼び出しランプを見ていた。

「別に、気になってることなんてないよ」

　とは言え、それを悟られたくはなかった。斑尾は、ことさら明るく答える。

「その割には、ずいぶんとそわそわされているようですが……」

「そんなことないって」

　そうは言ったものの、我ながら笑顔が引きつっている気がしていた。入り口から続くカウンターに席を並べている二人の副官付兼ドライバーである守本英《もりもとすぐる》二曹と三和喬二《みわきょうじ》三曹は、怪訝《けげん》な顔をして斑尾を見ていた。

　村内が「そうですか」と言い、この話を終わりにしてくれる様子を見せた。平静を装う斑尾を慮《おもんぱか》ってのことかもしれない。斑尾がほっと胸をなで下ろすと、司令官室からの呼び出しランプが光った。

　斑尾は、椅子を蹴《け》るようにして立ち上がると、呼び出しランプのリセットボタンを押した。点滅を始めて三秒以上経過すると、音が鳴るのだ。

「呼び出し、行ってくる！」

　勢い込んで歩き始めた斑尾に、三人とも声をかけてくることはなかった。それでも、彼らの視線がちくちくと突き刺さっていることは分かる。

幕僚長室と副司令官室の前を足早に通り過ぎ、開け放たれた司令官室の入り口で足を止める。気をつけの姿勢、つまり直立不動で立ち、「副官、入ります」と入室を告げる。さすがに慣れてきた今では、軽く姿勢を正す程度だったが、この日は緊張から自然とカチッとした気をつけの姿勢だった。ショートボブの髪も動きが止まるくらいにしっかりと姿勢を固定する。しかしそれは、正確に表現するならば、足を踏み出すタイミングが遅れたためだ。

斑尾の心臓は、早鐘を打っていた。案の定、司令官、溝《みぞの》ノ口《くち》時生《ときお》空将の机の上には、斑尾が置いたペーパーがあった。今朝早く、まだ他《ほか》に誰《だれ》も登庁していない副官室で、斑尾がこっそりとプリントアウトしたものだ。斑尾は、執務机の前に立った。足を揃《そろ》え、左手に持ったバインダー上でメモを書けるよう、ボールペンを持って構える。

「おう。読んだぞ」

そう言った溝ノ口は、何と言うべきか悩んでいるように腕組みしていた。

「如何《いかが》でしょうか？」

航空自衛隊連合幹部会の機関誌『翼《つばさ》』の原稿だった。数少ない女性副官としての苦労とかやりがいを書いて欲しいということで、寄稿依頼があったのだ。

「ダメだな」

一言で切り捨てられ、斑尾は肩を落とした。

「何と言うか、文章に力がない」

「力がないとは……、具体的に、どういうことでしょうか？」

あまりにも抽象的な批評に、気落ちさせられただけで、光明は差さない。斑尾が尋ねると、溝ノ口は、視線を上げ、老眼鏡の奥から斑尾を見つめてきた。

「副官は、この文章で読者に何か感じるものを与えられると思うか？」

痛い質問だった。書いた自分でも、当たり障りのない所信でしかないよな、と思っていたのだ。

「いいえ。そんな、人の心を動かせるような自信はありません」

そう答えると、溝ノ口は「う～ん」と唸《うな》った。

「どうしてそう思う。文章が下手だからか？」

「作文は苦手です。ただ……それだけじゃないとは思っています」

「じゃあ、どうしてだ？」

それが分かれば、苦労はない。

「分かりません。自分でも、何か足りないとは思っていますが、何が足りないのか、いくら考えても分かりませんでした」

「そうか……」

そう言うと、溝ノ口の顔に刻まれた皺《しわ》が深くなった。

「副官は、副官就任を渋っていたそうだが。それは、今も変わらないか?」

「いえ。今は、ここで勉強させてもらおうと思っています」

「それは、どうしてだ?」

溝ノ口は、ちょっとばかり驚いた表情を見せた。

「はい。司令官の着任直前、部隊が弾道ミサイル対処をやっている最中に、災派《さいは》がかかって両立が難しい状況になりました。ちょうどその時、引き継ぎのために司令部に来ていたのですが、高射幕僚がいなかったこともあって、両立させるための発案をしました。ところが、その案には問題があって、各方面に迷惑をかけてしまう結果になりました。もっと広い知識技能を身につけないと、役に立てないと思い知らされました。そのためには、副官配置は最適だと思ったのです」

斑尾が正直に答えると、溝ノ口は、思い当たることがあるのか肯《うなず》いた。

「あ〜、あれは副官の案だったのか」

そう言えば、溝ノ口の前職は、航空幕僚監部《かんぶ》の防衛部長だった。迷惑をかけられた一人だったのだ。

「その節は、ご迷惑をおかけしました……」

斑尾が恐縮して答えると、溝ノ口は軽く手を振った。

「そんなことはどうでもいい。それよりも、そんな話は、どこにも書いてないじゃないか」

　溝ノ口は、原稿を指さしていた。

「あまりカッコイイ話じゃありませんし、自分本位な動機でしかありませんから、書きませんでした」

「こんな表面的というか、とってつけたような抱負よりも、その話の方が、よほど力のある文章になるぞ」

「そうでしょうか……」

「当たり前だ。この文章に力がないのは、お前の本音じゃないからだ。お前の気持ちがないからだ。求められているのが女性副官としての苦労ややりがいなら、まだ少ないだろうが、今までの副官業務で、お前が本当に感じたものを書け！」

　溝ノ口は、そう言って原稿を挟んだバインダーを差し出してきた。斑尾は、それを受け取ると自分の書いた文章を見つめた。

「分かりました。考えてみます」

　斑尾は、素早く腰を折る十度の敬礼をすると、司令官室を辞した。まだ、何を書くべきか思いつかなかった。それでも、トンネルの先が少しだけ明るくなった気がする。

「でも、むずかしいよ」

　廊下で独りごちた。

第一章　副官の役得

　時刻は二十時近くになっていた。県から時短要請がでているため、小さな居食屋〝ゆんた〟に客はまばらだった。〝ゆんた〟は観光客向けの店ではなかったから、まだましとは言えコロナの影響は大きい。

　斑尾は、〝ゆんた〟のママ、喜友名古都子《きゆなことこ》に作ってもらった定食で、夕食を取っていた。

「今度は、宮古《みやこ》に行くんだっけ？」

　カウンターの向こうから、声をかけてきたのは、古都子の一人娘であり、〝ゆんた〟の看板娘、そして斑尾の友人でもある喜友名唯《ゆい》だ。カウンターの向こうに立っていても、身長の低い唯の丸顔は良く見えた。

「うん。最後の初度視察場所。宮古島は、ちょっと遠いのもあって泊まりの予定。泊まりの出張は初だし、ちょっとドタバタしてる」

「いいなぁ。宮古の海はキレイだよ」

「潜《もぐ》りに行くんじゃないってば」

「分かってるよ。でも、ビーチから眺めても海の美しさは見えるでしょ」

斑尾は、嘆息して答えた。

「ビーチにも行かないよ。分屯《ぶんとん》基地にあるヘリポートに飛んで、ほとんど基地の中しか見ない予定なんだから。外に出るのは、ホテルと懇親会の時だけになると思う」

唯は、目を丸くしていた。

「わざわざ宮古まで行くのに、もったいない！」

「仕事なんだから、当然でしょ」

「そっか……。でも、懇親会はやるんだ」

コロナのおかげで、会合は極力控えるように言われている。

「まあね。視察って言っても、見るだけが目的じゃなくて、現場の人から話を聞くことも必要だから。人数は絞るし、基本的にマスクとかで対策もするし」

「そっか。宮古には、陸上自衛隊の基地ができたんだよね」

沖縄《おきなわ》本島でも、宮古島への陸自配備は報道されている。もちろん、非難するべきものとしてだったが。

「陸上自衛隊は駐屯地ね。でも、そっちには行かないよ。航空自衛隊の分屯基地は、昔からあるレーダーサイト」

「昔から……沖縄返還の後だよね？」

斑尾は、ラフテー、豚肉の角煮を頬張《ほおば》ったまま、首を振った。

「その前に米軍がレーダーサイトを作ってあった。返還になって、自衛隊がそれを引き継いだんだよ」

斑尾自身も、下調べで知った事実だった。簡単な部隊の歴史くらいは押さえておかないと、視察の随行《ずいこう》でもとんちんかんな言動をしてしまいかねない。

「レーダーサイトって言うと、前にも行った久米《くめ》とかにあったやつだよね。いくつもあるんだ」

「島が離れているからね。一つじゃ足りないんだよ。久米島みたいな山の上にレーダーサイトがあっても、水平線の下は、やっぱり見えないの。だから、宮古島、久米島、糸満《いとまん》市の与座岳《よざだけ》、それに沖永良部島《おきのえらぶじま》にサイトがある」

「機械を自動で動かすだけじゃだめなの？」

斑尾は、嘆息した。斑尾が扱っていたパトリオットのレーダーでも、恒常的に整備をしないと故障して動かなくなる。レーダーサイトの方が安定性は高いが、それでも無人で運用できるような代物《しろもの》ではない。

「無理だって。整備しないといけないし、基本的に戦闘をするためのものだから、被害を受けた時、素早く復旧するためにも人がいないといけないの。そうすると、人がそこにいるために必要な管理機能が必要になる。昔と比べたら、かなり省人化できるようになって、人は少なくなっているけど、自衛隊のレーダーサイトが無人になることは、これからもないはずだよ」

「そうなんだ。ヘリポートに行くって言ってたけど、那覇《なは》からヘリコプターで飛んでくの？」

「そうだよ」

唯は、興味深そうな目をしていた。

「フワフワ飛んで行けるなんて楽しそうだけど、あんなちっちゃいので怖くない？」

「私も、ヘリに乗ったのは副官になってからだけど、別に怖くはないよ。それに、そんなに小さくないし」

外から見ると、フワフワ飛んでいるように見えるのかもしれないが、乗り込んでみると、始終爆音の中にいることになる。そんな優雅な乗り物ではない。

「私は、ちょっと怖いなぁ。窓は大きいし、ドアが開いたら転げ落ちそうだし、あんな普通の車みたいので飛んでくなんて……」

「え？」

何だか話がかみ合っていなかった。CH－47は、五十人以上も搭乗できる大型ヘリだ。どうやら、唯がイメージしているのは、UH－60などのシングルローターヘリのようだ。

「宮古島に行く時に乗るヘリは、ローター、クルクル回る羽が二つある大型のヘリコプターだよ。この辺からも時々見えるでしょ」

「え？　もしかして迷彩色のやつ？」

「そう」

「あれ、陸上自衛隊じゃないの？　陸上自衛隊に乗せてもらうの？」

斑尾も、自衛隊に興味の薄い人にはありがちな勘違いだと知ってはいた。それでも、基地の間近に住みながら、そんな勘違いをしているとは思っていなかった。近くにいても興味がなければ、そんなものなのだ。斑尾は、認識を新たにした。

「陸上自衛隊にもあるけど、航空自衛隊にもあるのよ。どっちも迷彩柄だけど、よく見ると、色も結構違うよ」

「そうなんだ。じゃあ、青いヘリコプターは海上自衛隊なの？」

「あれは、航空自衛隊のＵＨ－60だよ……」

斑尾は、改めたばかりの認識を、更に改めた。肩を落としていると、唯はミナミハコフグのように頬を膨らませた。

「そんなの分かるわけないじゃん。難しすぎ！」

＊

副官室前の廊下には厚手の絨毯《じゅうたん》が敷かれ、足音はほとんど聞こえない。それでも、衣擦《きぬず》れの音で誰《だれ》かが通りかかっていることは分かる。そして、そのピッチの短さと少しだぶつき気味の迷彩服が立てる衣擦れから、通りかかっているのが、先ほど手洗いに向かった幕《ばく》僚長《りょうちょう》、馬橋賢治《まばしけんじ》一等空佐《いっとうくうさ》だということも分かるようになってきた。

特に用がなく、副官室の前を通り過ぎるだけならば、会釈するだけで良い。斑尾は、そうするつもりでいたが、目が合った馬橋は、幕僚長室の方を指さした。『部屋に来い』というジェスチャーだ。

斑尾は、立ち上がると、三人の副官付に「幕僚長に呼ばれた」と言って、メモ用具を手にした。小走りに馬橋を追い、「副官、入ります」と言って、幕僚長室に入る。

「何でしょうか？」

馬橋は、執務机を廻《まわ》って腰を下ろす。馬橋の目には、これと言って含むものがあるようには見えない。

「五三《ごうさん》警の初度視察の件だが、宿泊先は、どこの予定だ？」

宮古島の部隊は、第五三警戒隊だ。略して五三警と呼ばれている。

「申し送り資料にあった以前と同じホテル、ブルー・シー・ホテルというところです」

馬橋が宿泊先を気にする理由が思い当たらなかった。

「副官も同じか？」

出張先では、司令官のサポートをするために、同じところに宿泊することが基本だと申し送りを受けている。馬橋が、いったい何を気にしているのだろうかと訝《いぶか》しんだ。あり得るとすれば、出張旅費だろう。

「はい。ハイシーズンですが、五三警からも連絡して頂き、部屋を押さえました。コロナの影響もあり、空き部屋はあったようです。なるべく近い部屋が良かったのですが、旅費が足りないので、同一フロアの若干グレードの下がる部屋です。それでも旅費は不足しますが、大した額ではないので問題ありません」

自衛隊の出張旅費は、階級で決まっている。副官と言えど、階級はたかだか二等空尉《にとうくうい》だ。空将である司令官の旅費とはかなり差がある。司令官と同じグレードの部屋に泊まれば大赤字だった。足りない分は、自腹を切らなければならない。

馬橋は、そのことを気にしているのだろう。何かしら、配慮してもらえるなら大助かりだった。

「司令官とは別のホテルを取るようにしろ」

「え？」

旅費が赤字にならずに済むのであれば助かる。だが、別のホテルに泊まったのでは、副官としての仕事ができない。前任の副官、前崎《まえざき》一尉は、モーニングコールを入れ、朝食もいっしょに食べたと言っていた。その際、夜中に司令官を叩《たた》き起こすほどではない特異事項があれば報告し、その日の予定を伝えなければならない。

「旅費不足に配慮して頂けるのはありがたいですが、それでは十分な仕事ができないと思います。それに、近くに安いホテルはないかもしれません」

観光地でなくとも、高級ホテルの隣に安宿が並んでいることは基本的にない。

「副官のためじゃない。司令官のためだ」

「司令官のためですか？」

想像だにしなかった言葉に、斑尾はオウム返しで聞いた。

「そう。司令官を守るためだ」

馬橋は、補足してくれたはずだ。だが、その言葉には、かえって混乱させられた。斑尾は、自分の想像力の限りを尽くして問いただす。

「あ、あの、私が司令官を襲うという懸念でしょうか？」

馬橋は、目をしばたたかせた。

「バカを言うものじゃない」

斑尾の想像力は、斜め向こうに向いていたらしい。馬橋は、呆《あき》れた声を上げると理由を説明してくれた。

「副官からじゃない。部内、部外にかかわらず、口さがない連中から守らなければならないということだ」

「もしかして、妙な噂《うわさ》を流されないようにということでしょうか？」

馬橋は、肯いて答えた。

「そうだ。司令官が、若い女性自衛官をホテルに連れ歩いているなんて言われてみろ。司令官の未来がなくなる」

方面隊司令官の先は、総隊司令官や補給本部長など、更に先は航空幕僚長、統合幕僚長だ。さもなければ勧奨《かんしよう》退職となることが通例。馬橋が言うようなセクハラまがいの噂が流れてしまえば、それだけで出世の可能性がなくなると言ってよかった。

「それはそうですが……」

それは、斑尾にも理解できた。だが、それでは、なぜ斑尾が副官に配置されたのか分からなくなってしまう。

「納得できないか？」

「理解……はできます」

そう口にしてから、これでは、言外に『納得できません』と答えているのと同じだと気が付いた。

「分かるのですが……」

分かるが故に、二の句は継げなかった。航空自衛隊だけでも五万人もの隊員がいる。その上、軍事組織であるがゆえに、パワハラは少なくない。男社会の自衛隊に女性自衛官が入ることで、セクハラも生じた。構造的な背景があるため、なくすための努力がされていても、パワハラもセクハラもまだまだある。

斑尾も、セクハラ事例は多く耳にしている。そして、その中には、本当にセクハラと言うべきなのか怪しいものが、混じってしまっていることも知っている。それでも、セクハラしたと訴えられた者の未来は閉ざされてしまうのだ。

「司令官には私から言っておく。副官の不手際や能力不足じゃないんだ。気にする必要はないぞ」

馬橋はそう言ったが、胸の内には、釈然としないものが残った。

*

「副官、南警団の副官、知多《ちた》二尉からお電話です。五三警初度視察の件だそうです」

受話器を手にした三和三曹が電話の保留ボタンを押す。いよいよ明日は宮古島への出張だ。もう調整が必要なことはないはずだった。それでも五三警戒隊の上級部隊、南西航空警戒管制団として気になっていることがあるのかもしれなかった。斑尾は、何の用だろうと訝しみながら電話を取った。

「南西空司副官、斑尾二尉です」

知多は、改めて階級氏名を名乗ると直《す》ぐさま本題に入った。

「斑尾二尉が宿泊するホテルは、司令官とは別のところを取ってあると聞きました」

「ええ、ちょっと距離があるのですが、確保してあります。五三警には手間をかけてしまいますが、よろしくお願いします」

宮古島では、公共交通機関と言えるものはバスだけだ。それも、市街から外れた分屯基地の周辺では、まばらにしか走っていない。ホテルと分屯基地間、そして司令官が宿泊するホテルまでの移動は、部隊に送ってもらうしかないのだ。

「こちらから五三警に指示して、司令官と同じホテルでも特別価格で泊めて頂けるよう調整しました。ですから、司令官と同じブルー・シー・ホテルに宿泊して下さい」

「え？　いえ、別のところで構いません」

どうやら、斑尾と同じように、旅費の不足を考えたようだ。副官分だけでも値引いてもらうように頼んだようだ。

申し送りもされているブルー・シー・ホテルは、部隊に関係が深いホテルなのかもしれない。僻地《へきち》にあることの多い分屯基地は、地域にとっては大手事業者であることが多い。斑尾が沖縄に来る前に勤務していた饗庭野《あいばの》分屯基地は、決して僻地ではなかったが、近くにある陸自今津《いまづ》駐屯地とともに、滋賀《しが》県高島《たかしま》市内ではそれなりに規模の大きな事業所として、地域の中での存在感は小さくなかった。コロナ不況にあえぐ宮古島では、変わらぬ活動を続ける分屯基地は、周囲に与える影響も大きいのだろう。

「遠慮しないで下さい。ホテルが別では、副官業務に差し障りもあるでしょう。これは、団司令の指示なんです」

「ちょっと待って下さい。団司令が仰《おっしゃ》っているんですか？」

斑尾は、驚いて問いただした。宮古島、五三警戒隊の初度視察関連の情報は、当然その上級部隊である南警団司令部にも送っている。団司令としては、隷下《れいか》部隊の不手際と見ているのかもしれなかった。

「はい。行動予定を見て、こちらで団司令に報告したところ、直ぐに五三警に手配させろと言われたので」

これは、斑尾の配慮不足というべきかもしれなかった。そこまで気にされることだと思わなかった。だから、ホテルを別にする理由まで告げていなかった。それが誤解を招いてしまった。斑尾と知多が、もっと気軽に話せる仲だったのなら、回避できた連携不足だった。

「知多二尉、それは誤解です」

斑尾は、ホテルを分ける理由が、妙な噂を防ぐための措置であり、馬橋からの指示でもあることを説明した。

「理由を伝えるべきでしたね。団司令にまで余計な気を使わせてしまって申し訳ありません。私が、申し訳ありませんと言っていたとお伝え下さい」

「了解しました。私の方こそ申し訳ありません。そういう配慮とは、つゆにも思わず、団司令に誤解したまま報告してしまいました。理由を伺えば良かった」

「そうですね。お互いに、もっと連携を取るようにしましょう」

斑尾は、受話器を置くと、迷彩服の胸元をつまんでパタパタと扇《あお》いだ。またしても失敗してしまったが、大ごとにならずに済んでほっとした。

＊

三人を乗せた黒塗りの司令官車は、エプロンと呼ばれる駐機エリア手前で速度を落とした。これから巨大な鉄製の洗濯板の上を通過しなければならないからだ。この洗濯板は、一〇センチくらいの間隔で、三角形の山が連続している。この上を車が通過すると、車体が激しく振動する。この振動で、車体のあちこちに付着している小石などを落とすためのものだ。

斑尾がこの洗濯板のことを「ガタガタ」と呼んだら、意味は通じたものの、守本と三和に笑われた。正式な名前はＦＯＤシェーカー、通称シェーカーと言うらしい。

ジェットエンジンは、小石などの異物を吸い込むとタービンブレードが傷付いてしまう。最悪、ブレードが吹き飛び、エンジンが爆発することになる。この異物吸い込みによる損傷をForeign Object Damageと言う。頭文字をとってＦＯＤ。シェーカーは、このＦＯＤの防止具としてエプロンの入り口に置かれている。エプロンに入る車両は、必ずこのシエーカー上を通過し、異物を落とす決まりになっている。

副官となる以前は、この「FOD」と書かれた札が立てられた洗濯板を見て、何だろうと頭をかしげていた。こんな些細《ささい》なことも含め、副官をやっていると、確かにいろいろと知ることができた。

ちなみに、これは部隊の手製だ。鉄板を溶接して作るらしい。施設課の近藤《こんどう》一尉に教えてもらった。ついでに「FODシェーカーのFODって何の略だと思う」というクイズを出された。仕入れたばかりの知識だったので、Foreign Object Damage だと胸を張って答えたら、間違いだと言われた。エンジンの損傷は Foreign Object Damage なのだが、シェーカーが落とすのは Foreign Object Debris なのだそうだ。アルファベットの三文字略語は、誠にややこしい。

シェーカー上を通過すると、駐機している航空機が見えてくる。斑尾は乗り込む予定の大型ヘリ、CH－47を探した。

空自の機体はグレー系塗装が多い。迷彩色で大型のCHは、その中で異彩を放っている。直ぐに見つかった。機体の横には列線整備員が並んでいた。その前に車を止めれば良いのだ。なるべく機体に近く、かつ危険はない位置だ。

「少し後ろ目で止めて」

斑尾がドライバーの守本二曹に命じると、彼は無言で肯いた。斑尾は、通常は縮められている識別帽のあご紐《ひも》を伸ばし、あごにかける。直ぐに飛び立てるよう、CHのローターは既に廻っている。アイドリング回転でも、CHのダウンウォッシュは強烈だ。あご紐をかけていなければ、帽子を飛ばされかねない。

車が停止すると、斑尾と守本は素早く飛び出す。守本は、司令官が降車するために後部ドアを開ける。斑尾は、トランクから溝ノ口と斑尾の荷物、それに五三警へのお土産《みやげ》を取り出した。さほど重量はないが、かさばるので全《すべ》てを持って歩くのはそれなりに苦労だ。その上、お土産はお菓子なので、揺らさず潰《つぶ》さず、丁寧に扱わなければならない。

パイロットである溝ノ口は飛行服。斑尾は迷彩服なので、どちらも動きやすい。斑尾は、足早にCHの乗降口に向かう溝ノ口を、小走りで追いかけた。

列線整備員やCHのロードマスターが敬礼し、溝ノ口は、それらに逐一答礼する。斑尾は、そのまま通り過ぎるだけだ。敬礼を受けたのは溝ノ口。斑尾はただの随行だ。そんな儀礼にも、ようやく慣れてきた。

CHにパッセンジャーが乗り込む際、通常は、貨物と同様に後部ドアから乗り降りする。しかし、VIPの場合は、操縦席後ろにあるサイドのベイドアからだった。CHで久米島に行った時、移動中にロードマスターと呼ばれる空中輸送員に聞いたところ、その方が短時間で離陸できるかららしい。

輸送機のパッセンジャー席は、壁際に横向きが基本だ。荷物の隙間《すきま》に人間が座ることになるからだ。慣れないと違和感がある。しかし、ＣＨのＶＩＰ席は、ちゃんと前に向けて設置してあった。溝ノ口の席の後ろに取り付けられた斑尾の席も同じだった。

乗ってみて初めて分かったが、ヘリはまっすぐ飛ぶことが難しいらしい。機体はまっすぐに飛んでいても、ヨー方向の揺れ、つまり、機首が左右に振れるというようなことがある。当然、乗り物酔いし易《やす》い。席が前方を向いていて助かった。

若干低めの雲があったが、晴れ間が見えていた。それほど揺れるとは思えなかったが、斑尾は、今日も酔い止めを飲んでいた。溝ノ口用の酔い止めも持ってきてはいるが、必要はないだろう。まがりなりにもパイロットだ。

シートベルトを締めると、機体は直ぐに離陸した。離陸してしばらくすると、ロードマスターが溝ノ口に耳打ちした。耳打ちと言っても、声をひそめてはいない。むしろ、声は張り上げられていた。そうしないと響く爆音のおかげで聞き取れないのだ。斑尾も体を前にだしたが、途切れ途切れにしか聞こえなかった。天候やフライトの概要を告げていたようだ。

そこまで騒音が激しいのは、乗り込んだベイドアの上半分が開け放たれたままのせいだ。エンジン音だけでなく、ローターが立てる激しいブレードスラップ音が飛び込んでくる。風音も激しい。ベイドアから吹き込んだ風が、これまた半分開け放たれたままの後部ドアから後ろに抜けて行くからだ。

ＣＨには、暖房はあっても冷房はない。高度を上げれば涼しくなるが、雲が低いためか、高度は上げないようだ。冷房代わりに風を通しているのだろう。後ろを振り向くと、落下防止のためにネットが張られているものの、半分開け放たれたままの後部ドアから明るくなりつつある空が見えた。初めてこの状態で飛んだ久米島行きの時には驚いた。久米島、沖永良部島、そして奄美大島《あまみおおしま》に続いてなので、慣れては来たが、やはり少し怖かった。

しばらくすると、ロードマスターが溝ノ口におしぼりを持ってきた。那《な》ヘリ、那覇ヘリコプター空輸隊は、離陸後の作業が落ち着くと、ＶＩＰにはおしぼりを出してくれる。残念ながら、斑尾の分はなかった。

宮古島までは一時間ほどのフライトだ。轟音《ごうおん》はともかく、激しく吹き付ける風のため、眠くなることもない。

空自の幹部は、結構頻繁に定期便と呼ばれる基地間を飛ぶ輸送機に乗ることがある。機内はかなりうるさいのだが、暗く本を読むことも難しい。できないこともないが、とてもまともな読書環境ではない。そのため、大抵の場合は寝ることになる。そして、さほどしないうちに、それが習い性になってしまう。条件反射、パブロフの犬というやつだ。轟音にさらされると、眠くなってしまうのだ。しかし、顔面に風が吹き付けていると、さすがに睡魔はやってこない。ひたすら暇だった。

そろそろ宮古島に着くのだろうと思っていると、かすかに機首が下がるような感じがして、ロードマスターが溝ノ口に声をかけにきた。短い言葉だったので、斑尾にも聞き取れた。

「司令官、操縦席にどうぞ」

溝ノ口は、シートベルトを外して操縦席に向かった。斑尾も、何だろうと思いながら後を追う。開け放たれているベイドアから外を見ると、マリンブルーに輝く珊瑚礁《さんごしょう》が見えた。やはり宮古島に近づいたようだ。

CHの操縦席には、溝ノ口が入り込める余裕はなかった。そして操縦席とカーゴルームをつなぐ通路は、人一人がやっと通れる幅しかない。そこに溝ノ口が屈《かが》んで立っていた。斑尾が前方を見ることはできない。耳を寄せ、轟音の中で、パイロットらしき人物が溝ノ口に語っている言葉を聞き取ろうと努める。

どうやら、上空から宮古島の説明をしているようだ。「分屯基地」とか「駐屯地」と言っているのが聞こえた。斑尾は、前方を見ることができないため、きょろきょろしながら、左右のベイドアから宮古島を見た。事前にインターネットを使い航空写真の宮古島は見ていたものの、方角も分からないため、陸自の駐屯地は分からない。

斑尾にもハッキリと分かったのは、宮古島の隣に浮かぶ伊良部島《いらぶじま》と下地島《しもじじま》、そしてそこにある下地島空港だった。

いよいよランディングが近づくと、斑尾にも目的地である宮古島分屯基地が判別できた。

二つのレドームや通信用のパラボラアンテナ群が見えたからだ。斑尾は、不意に違和感を覚えた。しかし、その違和感を頭の中で嚙《か》み砕く前に、溝ノ口が、カーゴルームに戻って来た。いよいよランディングだ。斑尾も自分の席に戻ってシートベルトを締め直す。そして、荷物を確認し、識別帽のあご紐を下げる。

ヘリポートへのランディングは、ゆらゆらと揺れるようにしながら降下する。斑尾にとっては意外だったが、垂直に降りるわけではなかった。これも、副官になり、自分で乗るようになって初めて認識したことだった。自衛隊にいると、ヘリを目にする機会は多くても、意外に知らないままでいることが多い。ＣＨは、ゆっくりと前進しながら、ヘリポートに接近し、まるでソーサーにカップを置くように、静かにランディングした。

シートベルトを外し、ロードマスターがベイドアの下半分を開けると、溝ノ口に続いて機外に飛び出す。降機する際も、溝ノ口はロードマスターに答礼する。斑尾はその必要がない。それに、両手は荷物で埋まっており敬礼しようにもできない。会釈だけして機外に出る。ドアは開けてあっても、ＣＨの機内は明るくない。斑尾は、日差しのまぶしさに目を細めた。

＊

那覇は曇り空だったが、宮古島は晴れていた。もちろん、島が歓迎してくれているなどということはない。それでも、視察に向けて前向きな気持ちになれる。

ヘリポートの脇《わき》に車両が並び、分屯基地の主要幹部が並んでいた。溝ノ口は、彼らの前に歩みを進める。

斑尾は、そちらには向かわず、車列の先頭に止められている隊長車に向かった。車の後部に駆け寄ると、既にロックを外してあったトランクをドライバーの空曹が開けてくれる。こういったＶＩＰ車ドライバーと副官のあうんの呼吸にも慣れてきた。決まったパターンがあるので、お互い動きは読めるのだ。乗車区分とドアマンを確認する。

「私は助手席でいいですか？」

「はい。司令官の横には隊長が座ります」

司令官は、ドライバーの後ろに座る。車寄せへの進入が、民間とは逆なのだ。米軍に合わせてある。そのため、斑尾の後ろが五三警隊長となる。

「では、こっちのドアは……」

斑尾の言葉は、横から遮られた。

「隊長のドアマンは、私がやります」

別の空曹が配置されていたようだ。斑尾は、彼に会釈すると、言葉を交わしている溝ノ口と第五三警戒隊隊長、江守達夫《えもりたつお》二等空佐を直立不動で待った。彼らが、車までやってきて後部座席に乗り込むと、斑尾も素早くドアを開けて助手席に滑り込む。

宮古島分屯基地は、南北に長く、七〇〇メートルほどの長さがある。基地内の移動では車が必要だったが、ヘリポートと隊本部庁舎は近かった。車が必要な距離ではなかったが、部隊の主要幹部を乗せた後続車を引き連れ、車列で移動する。

車内では、後部座席に座る二人の言葉に耳を澄ます。部隊は、溝ノ口の第一印象を気にかけている。最初の言葉で、予定が変更される、などということもあるのだ。

「あれが、宮古島分室かな？」

「ええ、うちのＦＰＳ－７より目立ってしまって……、島の人には、『あれってレーダーですかねぇ』なんて間違えられてます」

斑尾は、ちらりと後ろを見やり、溝ノ口の視線を追っていた。二人が話しているのは、隊本部庁舎の裏手にそびえる二つの円筒形と球場のスコアボードのような設備だった。斑尾も予習してある。二人が遠慮気味に話すそれが何なのか理解できた。

「今回の初度視察の予定には入っておりません。ご希望があれば、いずれ別の機会に調整してもらいます」

江守の言葉に、溝ノ口は首を振った。

「いや、必要ない。迷惑をかけることになる」

宮古島分室は、宮古島分屯基地の中にあっても、南西航空方面隊の隷下ではない。それどころか、航空自衛隊でさえなかった。斑尾の眼前にそびえたオリーブドラブ色の施設は、情報本部大刀洗《たちあらい》通信所宮古島分室だ。通信所という名前ではあっても、通信のための施設ではない。周辺諸国の通信を傍受するための施設だ。島の人がレーダーと間違うという施設は、通信傍受用の特殊アンテナだった。

斑尾はSOC／DCには入ることができる。Sector Operation Centerを略し、SOCと呼ばれる方面隊の戦闘指揮所は、航空自衛隊が戦闘を行う際の指揮中枢だ。離陸した編隊や高射隊を統制するDCが併設され、一体となって指揮を行うためSOC／DCと呼ばれることが多い。ここが被害を受ければ、各部隊の連携が困難になるため、施設は地下に作られ、攻撃から厳重に防護されている。当然、方面隊の各種施設の中で、最も高いレベルの保全措置が計られている。機密の塊だからだ。そこに入ることができる斑尾であっても、通信所には入ることができない。通信所は、数ある自衛隊施設の中でも、最高の機密度が保たれているのだ。斑尾が足を踏み入れる機会が来るとすれば、情報本部勤務になる時だろう。

宮古島よりもさらに西、与那国島《よなぐにじま》にも、陸自の西部方面情報隊隷下の与那国沿岸監視隊ができているものの、主な任務は船舶の監視で、部隊規模も小さい。陸自の宮古島駐屯地と合わせ、南西方面の情報収集における最前線は宮古島なのだ。

隊本部庁舎に到着すると、隊長室に通された。隊本部庁舎にせよ、隊長室にせよ、どこの部隊に行っても、作りはさほど変わらない。部隊の規模に合わせ、部屋の大きさや絨毯のグレードが多少違う程度だ。五三警の隊長室は、溝ノ口の使っている司令官室の半分ほどのスペースしかなかったが、机や調度は大差なかった。

予定では、隊長との懇談ということになっている。実態は、ちょっとした休憩だ。プライベートヘリとでも言うべき空の旅ではあったが、軍用ヘリは、快適さを二の次三の次として作られている。体はまだしも、耳には違和感が残っていた。

溝ノ口と江守は、応接セットを挟んでソファに座った。斑尾は、ソファの横に置かれた事務用椅子に腰掛け、メモの用意をする。

「駐屯地は、よく見えましたか？」

コーヒーが運ばれてくると、江守が切り出した。

「こちらから、那ヘリにリクエストしてくれたとか。やはり自分の目で、間近から見るとよく分かる」

江守は、笑顔で肯いた。

「与那国の沿岸監視隊に続き、宮古島駐屯地として開庁したのは二〇一九年ですが、あっと言うまに、いくつもの部隊が移駐して、今では七百名以上の隊員が勤務しています。この宮古島分屯基地よりも、はるかに大きな自衛隊施設になりました」

「周りの反応は？」

「やはり反対する者もおりますが、予想以上にスムーズに受け入れられています」

それを聞いて、溝ノ口は頬を緩ませた。

周辺状況ついてひとしきり懇談していると、入り口のドアがノックされた。

「準備ができました」

入ってきた幹部自衛官が告げると、江守が立ち上がる。

「幹部申告の準備ができたようです。こちらにお願いします」

そう言うと、江守は溝ノ口を自分の執務席に案内した。

「副官は、これをお願いします」

江守は、そう言って机の上に置かれた名簿を指し示した。ありがたいことに、綴《と》じられてはおらず、プリントされたコピー用紙が重ねられているだけだ。斑尾は、それを確認して肯いてみせた。

これから行われるのは幹部申告だ。幹部申告は、視察を受ける五三警の全ての幹部自衛官が、配置、階級、氏名を、視察者である溝ノ口に申告するものだ。

申告は、声を張り上げるようにして行う。主旨を考えれば「どうなの？」と思わざるを得ないが、必ずしも聞き取りやすくはない。そのためなのか、名簿が準備されている。次々に申告する隊員に合わせ、その名簿をめくるのが斑尾の役目だった。当初は緊張したが、各部隊の初度視察のたびにやっていると、さすがに慣れた。

当然のことだが、最初の申告は、隊長である江守だった。

「申告します。第五三警戒隊長、兼ねて宮古島分屯基地司令、二等空佐、江守達夫」

自分の申告が終わると、江守は執務机の横に、溝ノ口の方を向いて立った。全ての幹部が申告することが基本だが、航空自衛隊は二十四時間絶え間なく活動している。レーダーサイトは、その最たるものだ。持ち場を離れられない者もいるし、体調不良で休んでいる者もいる。江守は、そうした情報を補足として報告する。

重要な役職に就いている者の申告は一人で行うが、まとまって申告することもある。幹部が複数いる小隊では、小隊長に加え、付幹部が同時に入室してきた。そして、小隊長に続いて、連続で申告する。

そうした時間短縮もあり、幹部申告が短時間で終了すると、続いて実施されるのは状況報告だ。

「準備が完了しましたら、お呼び致します」

江守は、そう言うと会議室に向かった。

＊

状況報告が始まった。会議室の作りは司令部と差がある。何せ使用頻度が違う。司令部の会議室は、常に会議室として使える部屋だ。対して、五三警の会議室は、可動式の壁で仕切られた多用途室だった。

報告を受けるのは溝ノ口一人。そのため、スクリーンの前には溝ノ口の席しか設けられていない。ブリーファー席には江守が立ち、壁際には、五三警の幹部が並んで事務用椅子に座っている。部屋のレイアウトは、視察の状況報告以外ではあまり見られない変わった配置だ。斑尾の席は、溝ノ口の左後ろに設けられていた。

「昭和四十八年二月、第五三警戒群が、米軍から器材の移管を受け、新編されました」

状況報告は、ほとんどの場合、部隊の沿革から説明される。続いて、部隊の編成・任務、訓練の状況、業務計画で予定されている今年度の事業が報告され、最後に課題や問題点が述べられる。

溝ノ口の初度視察は、この五三警で最後だ。九空団や五高群、そして五三警の上級部隊である南警団などを視察した後、那覇以外の分屯基地を視察してまわった。斑尾も、その全てに随行している。

部隊が最も報告したいと思っていることも、溝ノ口が最も聞きたいと思っていることも、最後に報告される課題や問題点だ。それまでの報告は、課題や問題点を理解してもらうための基礎データだ。

五三警の場合、主要器材であるレーダーは、二〇一七年に最新のJ／FPS－7に換装され、二〇二〇年に弾道ミサイル対応改修を受けたばかりだ。装備の点では、ほとんど問題はなかった。

問題は、離島故の人員の問題、つまり来たがる者が少ないという点と陸自駐屯地が建設されたことも含めた、地域や自治体との関係だった。

だがそれも、引き続き、大きな変化が予想されるため、南西航空方面隊としてのバックアップをお願いしたいという内容だった。斑尾から見ると、大きな問題があるようには思えなかった。最後の質疑応答でも、溝ノ口から、江守が返答に困るような質問は出されなかった。

それを聞いて斑尾も胸をなで下ろす。部隊の課題が多ければ、溝ノ口の仕事も増え、司令官室を訪れる幕僚も増える。当然、斑尾も忙しくなる。宮古島、五三警に、大きな課題がないということは、斑尾にとってもグッドニュースだった。

「では、準備ができ次第、分屯基地内巡視をお願いします」

＊

基地内巡視は、文字通り、基地内を見て回ることだ。装備や施設の運用、維持状況などを司令官にその目で見てもらう。レーダーサイトである五三警において、最も見るべきはそのレーダーとオペレーションルームだ。

Ｊ／ＦＰＳ－７は、航空自衛隊が装備する警戒管制用レーダーの中でも最新の装備だ。斑尾にとっても、本来なら興味深い装備と言える。だが、特に見たいとは思っていなかった。先に初度視察した沖永良部島の五五警で、全く同じものを見ていたからだ。溝ノ口も同じだろう。

しかし、運用環境は異なる。斑尾は、車でレーダー建屋《たてや》近くまで来た時、CHのランディング前に覚えた、かすかな違和感の正体に気が付いた。周囲を見回しても、他のレーダーサイトのように見晴らしが良くない。

「低い」

思わず、呟きが漏れた。斑尾も、ペトリオット部隊でレーダーに携わってきた。レーダーを設置する場所は気になるのだ。

「そう。ここの最大のネックは、標高です」

斑尾の独り言を聞き止めて、江守が言った。建屋の脇から北西方向を睨《にら》んでいた。その方向には尖閣《せんかく》諸島があるはずだった。

「部隊がある野原岳《のばるだけ》の標高は一〇九メートルしかありません。レーダー建屋で多少水増ししていますが二四〇メートルの高さにある沖永良部や、三一〇メートルもある久米島とは比べるべくもありません。本島の与座岳でさえ一七〇メートル近くある。状況報告で話しましたが、宮古島にはハブがいません。真偽のほどは分かりませんが、大昔の津波で、全島が海没したからだという説もあるくらいです」

「レーダーの能力への影響は？」

溝ノ口の問いかけに、江守は首を振って答える。

「それは問題ありません。周辺に悪影響を及ぼすほどのグランドクラッター源はありません。ですが、水平線は如何《いかん》ともし難い。尖閣周辺の監視には、もう少し高度が欲しいところです」

レーダーの位置が低いと、低高度が見えにくい。目標が、水平線の下になってしまうからだ。特に遠距離では影響が大きくなる。尖閣に一番近いレーダーサイトは宮古島だが、宮古島から尖閣までは一五〇キロ以上の距離がある。尖閣付近の低高度目標は、ＡＷＡＣＳやＥ－２Ｃが飛ばないと見えないということだ。

「対領侵は、それを踏まえて動かなければならないというのは、九空団からも南警団からも報告を受けている。無い物ねだりをしても仕方ない」

溝ノ口も、北西を見やって言った。溝ノ口も、元より問題を認識していたようだ。

「では建屋内にどうぞ」

江守は、溝ノ口を先導してレーダー建屋に向かった。

「百聞は一見にしかず……か」

独りごちると、斑尾も二人の後を追った。

*

一通り、基地内を見てまわると、再び隊長室に戻って懇談だ。視察が始まった頃《ころ》、どうして何度も懇談があるのかと思っていた。理由は簡単だった。司令官である溝ノ口のためではなく、隊員が次の準備をするために時間を取る必要があるのだ。ある意味、隊員が次の準備を整える間、隊長に司令官の相手をさせているとも言えた。

「ところで、体の調子は問題ないですか？」

懇談の話題が途切れた時、不意に溝ノ口が江守に尋ねた。江守が体を壊しているという情報は聞いた記憶が無かった。特に確認した訳ではないので、斑尾が認識していないだけなのかもしれなかったが、溝ノ口は、それなりの理由があって尋ねたはずだ。以前の勤務地での情報なのかもしれなかった。

「酒には強いつもりですが、さすがに少々肝臓がきついです。しかし、このくらいは問題ありません。子供もいないので、学校がどうだという問題もないのですが、私の場合、財務省が問題です。異動はまだかと毎日問い詰められています」

懸念は飲み過ぎのようだ。もともと体を壊していた訳ではないのかもしれない。一方の財務省というのは、自衛隊でよく使われる隠語だ。家計を預かる奥さんに早く異動するように言われているのだろう。

「まだしばらくかかるようですね。いざ戦況が悪化したら、私がうんと言わないのだとでも言っておけばいい」

幹部の人事は、特技と呼ばれる職種毎に、中央で管理されている。溝ノ口でも、情報を得ることはできても、余程のことがなければ口出しもできない。警戒隊長の補職は、兵器管制や情報通信、それに高射の人間が配置されることが多い。溝ノ口を悪者にして、奥さんの機嫌を収めてくれという意味だ。

斑尾からしたら、宮古島は魅力的な勤務地に見えたが、江守の妻にとっては異なるようだ。

そんな話をしていると、空曹が訓示の準備ができたと報告に来た。江守が先に移動し、溝ノ口と斑尾は、少し時間をおいて移動する。庁舎前に隊員が整列していた。レーダーの運用に携わっている者など、持ち場を離れられない者以外は、江守五三警隊長を筆頭に全ての隊員が並んでいる。

斑尾は、その正面、溝ノ口が登壇した台の横、少し下がった位置で、部隊に正対して立つ。訓示における斑尾の仕事は、ある意味、司令官の飾りに徹することだった。

江守が号令をかけて部隊が敬礼し、溝ノ口が答礼する。斑尾も、横から溝ノ口に向き直って敬礼するが、江守の号令とはタイミングをずらせる。斑尾は、江守の指揮下にないからだ。あくまで、個人のタイミングで敬礼することになる。

溝ノ口は、訓示を述べるために江守に「休ませ」と命じる。それを受けて、江守は部隊に「整列休め！」の号令をかけた。

整列休めは、直立不動の気をつけの姿勢と休めの姿勢の中間にあたるものだ。気をつけの姿勢と最も違うのは首の方向。気をつけの姿勢では、敬礼する時を除き、首は真正面に向けなければならない。整列休め、あるいは休めの号令を受けて、初めて話者の方向を向くことができる。傍目《はため》には、整列休めは、休めに近いと思えるかもしれない。休めでは、体の後ろで腕をリラックスさせ、軽く手を組む。整列休めでは、手を組む位置が腰の上あたりになる点が異なる。しかし、背筋を伸ばし胸を張るところ、それに腰の上で組む手に緊張感を維持しなければならない点などは気をつけの姿勢に近い。決して楽な姿勢ではない。休ませて良いと命じられたものの、訓示を賜《たまわ》る以上、相応の姿勢を示す、ということで、整列休めなのだ。

対する溝ノ口は、演台上に蛇腹折《じゃばらお》りした原稿を広げ、時折それをめくるため、机に腕を載せている他は、休めの姿勢と同じだ。

副官は、司令官の付属品のようなものだ。休めの姿勢でも構わないらしい。しかし、江守も整列休めの姿勢をとっている前で、休めの姿勢では居心地が悪い。同じように整列休めでも良いのだろう。しかし、斑尾自身はたかだか二等空尉だ。部隊の前に立ちながら、整列休めでは、まるで虎の威を借る狐になるような気がした。そんなわけで、斑尾は、訓示など部隊の正面に立つ場合は、直立不動の姿勢を保ったままでいた。

やりすぎかもしれないが、不足は咎《とが》められても、やりすぎなら問題ない。今まで、そんな風に言われたことはなかったが、副官は、司令官の権威の象徴でもあるのではないか。斑尾は、そう考えていた。形だけでも、しっかりしないといけないのだ。

＊

訓示が終われば、視察行事は終わりだ。またもや懇談を挟み、離隊となる。

「ありがたいお言葉、ありがとうございました」

江守は、溝ノ口がソファに腰を下ろすと、向かいの席に座って頭を下げた。溝ノ口は、防空の最前線で頑張っている隊員をねぎらい、一層の努力を願う、という、まあ一般的な訓示をした。斑尾は、初度視察の度に聞いているので、内容はほとんど覚えてしまっている。それぞれの視察部隊に合わせ、多少変えているものの、毎回ほぼ同じだ。着任にあたっての訓示なので、当たり前と言えば当たり前だった。ころころ変わるはずはない。

斑尾としては、『翼』の原稿を書かなければならないため、参考にしている。文章の技術的なことはよく分からなかったが、やはり以前の沖縄勤務とその時からの思いというのは、実体験に基づいているだけに、説得力があった。それは、『翼』の記事案にもらった指導にも通じるものだった。

ただ、どこの視察先に行っても、訓示を受けた部隊長は、「ありがたいお言葉」と返している。ある意味、定番のお世辞でもあるのだろう。斑尾にも、ようやくそれが理解できるようになっていた。

溝ノ口も、当然それを理解している。江守の言葉を聞き流し、逆に問いかけた。

「懇親会ですが、参加者に変更は？」

「協力会の会長が体調不良で欠席になるそうです。他は、事前にお知らせしたとおりです」

五三警の初度視察が泊まりがけとなった一番の理由はこれだった。江守が懇親会を催したいので、是非泊まりがけで来て下さいと誘ったのだ。一次会は、部隊幹部との会食、二次会が、外部の自衛隊支援者の集まりだった。コロナによる混乱も落ち着き始めていたので、対策をすれば、問題ないだろうとの判断だった。

この五三警の初度視察が終われば、着任に伴う行事は終了する。余裕が出てくるはずではあった。だが、それはあくまでこれからだ。斑尾は、部隊の要望があったとは言え、多忙な中で、二日間にわたるスケジュールを組む必要があるのか疑問に思っていた。

「了解した。二十一時からの予定で間違いないかな？」

「その前に、部隊幹部との会食を予定しています。十九時からです」

「ああ、そうだったか」

懇親会の予定は、斑尾も報告していたし、スケジュールも渡してある。しかし、溝ノ口の頭にあるのは、支援者との集まりらしい。斑尾は、溝ノ口が、部外者との懇親会をそれほど重視しているとは思っていなかった。少しだけ意外だった。

「副官も、ぜひおいで下さい。女性の副官は珍しいですし、話題にもなるでしょう」

「オジサンの相手ですか」

斑尾は、苦笑しながら答えた。社会全体がセクハラに厳しい目を向ける中、自衛隊でもセクハラは、厳しく処罰されるようになっている。それでも、もともと男性社会なせいもあって、ビミョ～なセクハラ未満はどうしても残っている。江守の言葉もそうしたものの一つと言えたが、本人には自覚も悪気もなさそうだ。

「まあ、無理にとは言いません。しかし、女性の支援者もいるので、来てもらえると助かります」

そういうことなら理解はできたが、予定にはなかった。斑尾が、面倒に思いながら、どう答えようか思案していると車の準備ができたと報告が来る。

「準備ができたようです。お疲れ様でした。十九時にホテルのロビーでお待ちしています。よろしくお願いします」

そう言って、江守が立ち上がった。斑尾は、まとめて置いてあった荷物に手を伸ばして車に向かう。江守他、五三警幹部の見送りを受け、庁舎を後にした。

＊

車が基地の正門を通過すると、溝ノ口が口を開いた。

「来る前にも話したが、二次会は遠慮していいぞ。私がいれば十分だろう」

そう言ってもらえるのはありがたかった。期待されているのは、お茶くみどころかホステス役だろう。お酒を注《つ》ぐのは、別に苦でもない。ただ、とてもついて行けないオジサンの乗りに合わせるのは苦痛だった。最低でも、愛想笑いは必要だ。しかも、下手をしたら方言で言葉が理解不能という可能性もある。

しかし、溝ノ口は、この支援者との会合を重視しているようだ。斑尾が不参加で良いのか気になった。

「必要ないでしょうか？　江守二佐には期待されているようでしたが……」

「確かにな」

溝ノ口は、苦笑しながら言った。

「だが、副官の職務範囲を越えるだろう。飲みたければ構わないが」

斑尾が悩んでいるうちに、車は溝ノ口が宿泊するホテルに近づいた。部隊幹部との一次会は、夕食を兼ねる。それが終了するまでに決めればいい。斑尾は思考を切り替えて副官業務に専念することにした。

「江守二佐は、十九時に一階ロビーで待っているとのことでした。お部屋への迎えは十八時五十七分頃で宜《よろ》しいですか？」

「そこまでしなくていい。副官もロビーで合流すればいい」

溝ノ口はそう言ってくれたが、本来であれば、近くの部屋に泊まり、プライベート空間である部屋の中以外では、司令官の支援をするのが副官だ。こんなケースでは、会合相手と会う前に、服や身だしなみのチェックをすべきだった。

「ですが、ホテルも別で、本来の副官業務ができていません。お部屋まで伺います」

「そうか。では五十九分に。早すぎるのは良くない。微妙に遅刻するくらいでちょうどいい」

「分かりました。十八時五十九分にお迎えにあがります」

こんなやりとりでも、間違いを防ぐために復唱は重要だ。

ホテルではフロントまで同行し、スタッフに予約情報を伝えると、溝ノ口からお役御免を言い渡された。ボーイがいるホテルなので、荷物を運ぶ必要もなかった。斑尾は、待ってくれていた五三警の車に戻り、自分が宿泊するホテルまで送ってもらう。

「二次会の場所、宮古《みやこ》苑《えん》ってどんなところか知ってますか？」

車内で、五三警のドライバーに尋ねた。

「良い店ですよ。自分で食事をしに行ったことはないですが、地元の評判はいいです。品のいいところですね」

「そうですか。やっぱりこっちの人はオトーリをやるんですか？」

二等空曹のドライバーは、笑って教えてくれた。

「地元の人は、やりますね。でも、島外の人に無理に勧めることはしませんし、必ずしも飲む必要はないそうですよ。もちろん、飲んだ方が盛り上がりますけどね」

斑尾は、ホテルに着くと、直ぐにシャワーを浴び、懇親会に向かう準備を整えながら、独りごちた。

「どうしようかな……」

部隊幹部との一次会は、普通の夕食だ。問題は、その後だった。

＊

五三警幹部との懇親会では、溝ノ口だけでなく、斑尾もゲストの一人だ。特にやらなければならないことはない。あえて言うなら、懇親こそが、やるべき任務だ。それならばと、斑尾は、状況報告や基地内巡視で抱いた疑問をぶつけた。

「トライアスロンへの協力は、いつ頃からやっているんですか？」

大会に触発されて、自分でもトライアスロンをやっていると言っていた監視隊の一等空尉に尋ねる。

全日本トライアスロン宮古島大会は、毎年四月に開催される大会で、国内で行われるトライアスロン大会の中でも、知名度が高く由緒もあるものだ。沖縄本島にいても報道は目にする。大会は、全島挙げて支援されている。五三警は、かなりの協力を行っているということだった。

「え、いつからかな～？　大会自体、もう三十五回以上ですし、部隊の協力もかなり昔からだと聞いてますよ」

「トライアスロンの運営は大変だからね。フルマラソンだけでも大変なのに、バイク、スイムもある。陸自の宮古警備隊の編成完結式の時だったかな、上地《うえち》市長が、空自の協力がトライアスロン大会を成功に導いているから、陸自も協力して欲しい、みたいなことを言ってたくらいだ」

「江守隊長……」

横から割り込んで来たのは江守だった。

「副官は、五三警、いや宮古島分屯基地を見て、どう感じたかな？」

「はい、大きな懸案もなく、順調な部隊運営ができていると思いました」

「順調か～」

斑尾の言葉に、江守は、何やら思案顔だった。

「表向きの報告以外に、何か問題があるんでしょうか？」

「いや～、問題があるわけじゃないよ。ただ何と言うか、平坦《へいたん》な道じゃないってことは理解して欲しいと思ってね」

斑尾が、江守の言葉を理解し切れずにいると、江守は何やらひらめいたようだ。斑尾の方を向いて言った。

「溝ノ口司令官は、この後の支援者との懇親会に出なくていいと言ったそうだが、やはり是非来てもらいたい。多分、平坦な道じゃないという意味が、感覚として分かると思うよ」

部外の人との懇親会で分かるというのなら、江守が言う平坦ではないというのが部外関係だということは想像がついた。言葉で説明するよりも、感じて欲しいということなのだろう。

「分かりました。行きます」

厳しい言葉を投げかけられてはいない。しかし、短い経験ではあるものの、副官はこうした時に、腫《は》れ物《もの》扱いされることも分かってきていた。

江守の本音は「お前は分かってない！」なのだろう。オブラートに包んでくれたのだ。ならば、自分で見て、聞いて、学ばなければならない。斑尾は、この後に向けて気を引き締めた。

＊

斑尾は、気を張りつめて部外者との懇親会に臨んだ。しかし、少々拍子抜けだった。部外の参加者は、自衛隊協力会や自衛官のOB組織である隊友会メンバーだ。基本的には自衛隊の支援者。司令官の来島を歓迎してくれていた。

「副官さんも、ばんのホテルに泊まっていけばよかったさ」

やはり、ブルー・シー・ホテルのオーナーは、協力会の役員だったそうだ。ちょっとしたお小言は、歓迎の裏返しでもある。事情を話し、納得してもらった。

江守の言う、平坦ではない道を語ってくれるとしても、懐《ふところ》に入らなければ聞けるはずもない。彼らの言葉もオブラートに包まれている。そのオブラートを溶かす、つまり、お互いの懐に入るための手段が懇親会であり酒だった。

斑尾は、愛想笑いを浮かべ、話を合わせるのは得意ではなかった。どうにも笑顔が引きつってしまう。しかし、飲むだけなら難しくはない。決して酒に強い体質ではなかったが、これまで鍛えられてきた。空自でガラの悪い部隊と言えば、施設と高射だと言われる。セクハラ、パワハラはNGでも、アルハラが非難されるには至っていない。それを乗り越えてきたのだ。

「こちらの方は、オトーリってやるんですよね？」

そう持ちかければ、目を輝かせて乗って来る。

「お！　そしたら、副官さんを歓迎してオトーリしよう」

協力会の池間《いけま》副会長だった。沖縄に多い、背が低くがっしりとした体格をしている。幸いなことに、イントネーションは独特だったが、標準語に近い言葉で話してくれた。これなら理解できた。コップを持って立ち上がる。

「今日は、新しい司令官さんとキレイな副官さんが島に来たから、二人を歓迎して、オトーリをします」

オトーリのルールも予習してある。トランプや花札のように、最初に親を決める。その親が自分のコップに、あらかじめ水で割った泡盛《あわもり》をピッチャーから注ぎ、口上を述べる。口上が終わると、親は酒を飲み干し、再び酒を注いで、隣の人に渡す。受け取った人は、口上という程ではないにせよ、一言述べて酒を飲み干す。そしてコップを親に返す。これを参加者全員に回すと、親が交代して同じ事を繰り返すのだ。ただし、コロナの折でもあるので、コップは回さずに、それぞれのコップに親が注ぐというスタイルだった。

もともとは、貴重だった泡盛を、均等に飲むためのルールだったらしい。オトーリの泡盛は、かなり薄めに割るそうなので、見かけほど恐ろしい飲み方ではないそうだ。とは言え、初体験の斑尾は、覚悟を決めてコップを手に取り、立ち上がった。

「歓迎して頂き、ありがとうございます。この懇親会で、いろいろお話を聞ければと思っています」

そう言って、斑尾はコップを空けた。確かに、かなり薄めに割ってある。数杯なら危険はないだろうと思った。問題は、どの程度続くのか読めないことだ。

斑尾が、五回ほどコップを空け、ほろ酔いの範囲を抜けてしまったなと思った時、池間が、なみなみと注がれたコップを手にして言った。

「宮古には陸上自衛隊の駐屯地ができて、たくさんの自衛官と家族が住むようになったさぁ。陸上自衛隊さんは航空自衛隊ほどじゃないけど、そんなに島に住む期間は長くありません。自衛官さんには難しいと思いますが、ぜひ島のものになるつもりで、それは難しいと思いますが、努力だけはして欲しいと思っています」

部隊での状況報告では、宮古島の住民気質として、沖縄本島以上に排他的傾向が強く、よそ者をなかなか受け入れないと報告されていた。池間からすれば、自衛官の土地になじむ努力が足りないということになるようだ。

「司令官さんも副官さんも、島に住むわけじゃないけど、島に住む自衛官さんが、そんな心づもりで勤務してくれるように、是非ご指導して欲しいと思います」

斑尾のコップに、池間が水割りを注いでくれる。斑尾は、何と受けるべきか考えた。

「え～毎年行われている宮古島トライアスロンにも、五三警戒隊の隊員は、すごく協力しているのは本当に大変なことだと思いますが、地元の方も大勢参加していると聞きました。それも、業務としてではなく、ボランティアとしての活動です。池間副会長の言う、島のものになる努力として頑張っているんだと思います。なので、皆さんの協力もお願いします」

斑尾の言葉に、オトーリを回していたメンバーは拍手してくれた。しかし、次にコップを受けた女性の協力会員の人は、少々辛辣《しんらつ》だった。

「隊員みんなの協力には感謝しています。でも、トライアスロンは、島のものみんなが頑張っているイベントだから、当たり前なんです。もっともっと、頑張らんといけんと思います」

言葉は柔らかだ。それでも「そんなことは当たり前」と言われてしまえば、返す言葉は難しかった。次に回ってきた時、なんと答えるべきかと思っているうちに、水割りを注がれたコップを持って、江守が立ち上がった。

「斑尾副官は、ああ言いましたが、確かに、まだまだ我々は島のもんになりきっていません。私なんか、毎晩オトーリをやってますが、まだまだなりきれていません。これはやっぱり酒が足りないんだと思います。島の酒を全部飲み干すまで、飲んで飲んで飲みまくります！」

江守の言葉は、論理も筋もあったものではない。酔っ払いの戯《ざ》れ言《ごと》だった。だが、江守は部内での懇親会で酒をほとんど飲んでいなかった。酒には強いと言っていた。斑尾でさえ十分に思考力がある段階で、酩酊《めいてい》しているとは思えない。酒を飲めば、島のものになれるのであれば、もうとっくに自衛隊は島のものになっているだろう。そんな単純なことではない。

それでも、一緒に飲むぞという宣言は、島のものとして生きるという宣言のように思えた。同じように考えたのか、江守の次にコップを受けた溝ノ口が言う。

「いや全く。隊員には指導しますが、指揮官は、何より率先垂範《そっせんすいはん》。今日一日で、宮古島の酒を飲み尽くしましょう！」

ガラの悪い部隊は、施設と高射と言われるが、飲み方のぶっ飛び方では、パイロットが一枚も二枚も上手だ。それは、最も危険な職種であるが故のことなのかもしれない。ともあれ、溝ノ口は、もうそんなぶっ飛んだ飲み方をする年でも立場でもない。それでも、昔取った杵柄《きねづか》なのだろうか、一気のみどころか、一瞬、一口でコップを飲み干すと高々とコップを掲げた。

二人の言葉に、会は大いに盛り上がった。こうなったら、斑尾も飲むしかなかった。懇親会は、二十一時から二十三時までの予定だったらしい。しかし、ホテルに帰り着いた時には、午前二時を回っていた。

＊

「昨夜は、本当にお疲れ様でした。具合の方は、いかがですか？」

分屯基地に到着し、隊長室に入ると、江守が溝ノ口に尋ねてきた。

「いやぁ。さすがに頭が痛いですよ。副官のおかげで、えらい目に遭《あ》いました」

溝ノ口は、応接セットのソファに腰掛け、お茶に手を伸ばしながら言った。大量に飲む切っ掛けを作ってしまった斑尾は、恐縮するしかない。

「申し訳ありません」

斑尾が、頭を下げると、江守が笑って言った。

「私も頭が痛いですが、価値ある懇親会でした。司令官にわざわざお泊まり頂いた価値が十分にありました」

「それなら良かった」

溝ノ口が答えると、江守が肯いた。

「先島諸島《さきしま》への陸自配備が検討され始めた頃、宮古島よりも石垣島《いしがきじま》の方が有力候補とみられていました。宮古島には我々がいますから、いざとなれば、ここを起点に陸自戦力の展開だって可能です。にもかかわらず、石垣島ではなく、宮古島に陸自が駐屯することになったのは、ここ宮古島分屯基地に勤務した諸先輩方が、排他的だと言われる宮古島にしっかり根を張って来たからだと思っています」

溝ノ口も、肯き返した。

「その通りです。先島の保守傾向、自衛隊に対する支持が、沖縄本島よりも強いのは、より脅威を受ける最先端だからというのもありますが、ここ宮古島分屯基地の影響が大きかったはずだ。江守隊長を始め、ここに勤務する隊員、そしてここに勤務した諸先輩方が、地元に受け入れられるよう努力してきたことが大きかったはずだ。ここまで来たのだから、私が頭痛を抱えるだけで、その努力に、少しでも手助けができたなら安いものだ」

斑尾は驚いた。溝ノ口は、そこまでの思い入れがあって、江守の誘いを受け、この視察を泊まりがけにしていたのだ。

「いや、本当にありがとうございました」

江守は、ソファにかけたまま、改めて頭を下げた。

「本当ならば、ここだけでなく、全ての分屯基地で同じようにしたいところだが、なにぶん忙しすぎる」

「コロナもありますしね」

二人の会話を聞いて、斑尾は認識を新たにした。溝ノ口も、そして江守も、単に部隊を運用しているだけではないのだ。対自衛隊感情、もっと言えば、地域の世論に働きかけることを考えて仕事をしている。

そう考えると、昨日の江守の言葉も、思い返すと重みが違って感じられた。毎晩の会合で肝臓がきつくなり、当然自腹である飲み代の負担で奥さんから睨まれても、部隊のため、そして日本の国益のために飲んでいるのだ。もともと酒は嫌いではないのだろうが、いくら酒が好きでも、毎日のように続くのは辛《つら》いはずだった。

そんなことを考えていると、江守が、紙袋を持ち出した。

「これは、協力会の方から頂いたお土産です」

袋からは、かすかに甘い香りが漂っていた。

「マンゴーです。今が旬《しゅん》ですから、美味《おい》しいですよ」

それを聞いて、溝ノ口は、わずかに表情を曇らせた。

「ずいぶんと値が張るのでは？」

昨今、部外からあまり高価な贈り物を受け取るのははばかられる。しかし、江守は笑顔で答えた。

「ご心配には及びません。これは、協力会の方が作っているマンゴーで、いわゆるはね出し品だそうです。ちょっとした傷があったり、形や色が悪く、商品として出荷できないものだと言っておりました。ですが、味は変わらないそうです。今朝方、わざわざ分屯基地までお持ち頂いたのです」

「そうですか。それなら遠慮無く頂きましょう」

溝ノ口の答えを聞き、斑尾は、袋を受け取った。午後のお茶の時間に、おやつとして出せばいいだろう。そのおこぼれに与《あずか》れるのは、副官の役得だった。

もっとも、斑尾自身がそれを口にできるかは、この後の試練次第だ。朝は、何も食べていない。二日酔いが酷《ひど》く、何も口にできなかったのだ。この状態で、揺れるヘリに乗って那覇まで飛ばなければならない。

那覇に着いたところで、昼食を口にできるとは思えなかった。マンゴーを切る時間までには、なんとか回復したい。袋から立ち上がる甘い香りを吸い込みながら、斑尾は思った。

第二章　副官は利用する立場

「今日は、酒臭くないみたいだな。感心、感心！」

副官室に入ってくるなり、嫌味たっぷりな冗談を口にしたのは、運用課の総括《そうかつ》班長、忍《しの》谷《や》三佐《さんさ》だ。斑尾は思わず睨《ね》め付けた。しかし、反論はできない。先日の宮古島出張から帰り着いた日、村内三曹《さんそう》から「副官が酒臭いなんて前代未聞ですよ」と言われてしまった。実際にやらかしてしまっているだけに、しばらくは、嫌味も覚悟しなければならない。無視して問いかける。

「幕僚長《ばくりょうちょう》にご報告ですか？」

司令官室と副司令官室には、誰《だれ》も報告に入っていなかった。埋まっているのは幕僚長室だけだ。幕僚長への報告待ちで、ここで待機するつもりなのだろう。

「いや、副官に用があって来た。五三《ごうさん》警の視察の時に、宿泊先の件で南警団とトラブルになったと聞いたんだが、何があったんだ？」

忍谷の特技は兵器管制だ。高射の斑尾が五高群に多くの知り合いを持つように、兵器管制の忍谷は南警団に知り合いが多いはずだ。どこからか、南警団副官の知多二尉《にい》との行き違いを聞きつけたのだろう。

「トラブルと言うほどのものじゃありません」

説明すると、忍谷は「何だ、そんなことか」と安心して戻っていった。

「こんな簡単なことでも、結構気にするんだねぇ」

誰に言うでもなく、斑尾が口にすると、副官付経験の長い村内が真顔で言った。

「副官のトラブルは、司令官に関係するかもしれませんからね。誰でも気になりますよ。忍谷三佐とすれば、南警団は身内ですから、トラブルがあったと聞けば気になるのは当然だと思います」

「そうだね。副官業務は、こんな小さなトラブルでも、あちこちに心労をかけてしまうってことは分かったよ。確かに、あれは連携不良だったし……」

そう呟《つぶや》き、斑尾は、この点は要改善だなと思った。連携不良を招く原因にもいろいろある。共通知識の不足や互いの立場の違いなど様々だ。

今回の件は、単なる配慮不足による誤解だ。ただ、知多が誤解した時に、気軽に確認してくれれば、防げたトラブルだった。その一方で、斑尾も通例と異なる動きを取る以上、理由を添えるべきだった。南警団や知多に対する心配りが足りなかったのだ。行き先が、五高群の分屯《ぶんとん》基地であったなら、たぶん斑尾は、その理由も告げていただろう。

そう考えて、知多のことを思い出そうとしたが、顔くらいしか思い出すことができなかった。今までに顔を合わせたのは、南警団の初度視察と何度かあった部外での会合に溝ノ口と南警団司令が居合わせたケース、それに食堂で見かけるくらいだ。会話したことも、それほど多くはない。顔がなんとか分かる程度では、円滑なコミュニケーションはおぼつかなかった。

「各部隊の副官、副官付を集めて、宴会でもしたらいいかなぁ」

斑尾の呟きに答えたのは、またしても村内だ。

「以前は、やってたそうです。前任の前崎一尉の更に前の副官の途中あたりから、やらなくなったそうです」

「どうして？　やったら良さそうに思うけど」

「どうしてって、大変じゃないですか。日程調整からして難しいですし、突発事態で変更の可能性も高いですし」

考えてみればなるほどだ。溝ノ口もそうだが、副官の付く指揮官は、課業外、娑婆《しゃば》で言うところの業務時間外に予定される部内外の会合が多い。コロナの影響もあり、規模は少人数のものに変更されているし、件数自体も若干減っているとは言え、かなりの頻度で予定が入る。

そして、立場が違えば、参加する会合も異なる。結果として、各指揮官の予定が、共に空いている日というのは少ない。隷下最大の部隊であり、もっとも連携の必要な九空団との日程すり合わせでさえ、九空団司令が那覇基地司令を兼ねていることもあって難しかった。

司令官の予定が空かなければ、副官の予定も空かない。副官宴会をやろうと思っても、日程調整は大変なのだ。

その上、予定が空いていて、店の予約を入れたとしても、数日前どころか、当日になって司令官の予定が入り、副官が随行しなければならなくなることもある。

「なるほど。そうだねぇ。それに、必要性の低い会合は、控えるように通達も出ているものね」

副官宴会を行う意義はあっても、実現する上での困難は多そうだ。日程のすり合わせについては、調整してみないと分からないが、コロナ対策は、最初に考えておかなければならない。

それぞれが、自宅にいて、オンライン宴会を行うなら問題はないだろう。それに、店に予約をする必要もないため、突発事態にも応じやすい。斑尾の場合、つまみは〝ゆんた〟からテイクアウトにすればいい。全員分を早めに作ってもらい、帰宅前に配っても良いかもしれない。

「オンラインならどうかな？　それぞれ自宅でやるならいいんじゃない？」

「僕は無理です。スマホはありますけど、オンライン宴会なんてやったら、データ量が……」

そう言ったのは副司令官車ドライバー兼副官付の三和三曹だった。三和は営内者《えいないしゃ》だ。基地内の隊舎に住んでいるため、ネット環境はスマホしかない。たしかに、貴重なデータ量を仕事の延長に取られたくはないだろう。

「私も、カメラとか買わないとできないですね」

司令官車ドライバー兼副官付の守本二曹も無理だという。斑尾が、残る村内に視線を向けると、村内も首を振った。

「パソコンやカメラはありますけど、私も通信はスマホだけです。パソコンで通信が必要な時は、スマホのテザリングで済ませてるので」

自衛官のPC・ネット環境は、個人の差が激しい。車が買えるほどの金額をかけた機器類を持っている者もいれば、仕事以外では触りたくないという者もいる。転勤が多いこともあって、光などの契約をせず、スマホで通信を済ませてしまっているケースもあるのだ。斑尾自身は、元ゲーマーなこともあって、使っているPCはかなり高価なデスクトップだった。

それにゾームやライムなど、情報保全上危険なアプリは、業務に関係がない使用であっても注意するように指示が出ている。

この副官室メンバーだけでさえ無理がありそうだった。到底、各部隊の副官室に声をかけても難しいだろう。

「いい案だと思ったんだけどなぁ」

そうボヤいた斑尾に、守本が追い打ちをかけてきた。

「それに、飲みニケーションばっかりってのも、どうなんです？　また、副官が飲もうとしてるなんて言われるんじゃないですか？」

この副官室で、最も年かさの守本に言われると、さすがにショックだ。しかし、各副官との連携強化は、早めに取りかからなければならない課題だ。手を打っておかないと、またミスが起きかねないし、気苦労が減らない。

その点、飲みニケーションは、手っ取り早い手段だった。人事異動があるたびに歓送迎会をやりたがる先輩方の気持ちが分かったような気がした。

とまれ、オンラインが不可能なら、別の案を考えるしかなかった。

「どうしようか……」

＊

特借《とっかり》宿舎に帰ると、迷彩服を脱ぎ、Tシャツも着替えた。オリーブドラブのTシャツは、娑婆では逆に目立つ。目立たないようにという配慮で、オレンジと黄色の派手な服を着るというのは妙なものだ。斑尾は、そんなことを考えながら、〝ゆんた〟に向かった。

副官に就任してから、斑尾はほとんどの夕食を〝ゆんた〟で取っていた。時間がないということもあったし、友人の唯のためでもあった。沖縄でも、コロナの影響で飲食店はどこも苦しい。

「はい、ど～ぞ」

具だくさんの味噌汁《みそしる》、いなむどぅちにミミガーとゴーヤーの酢味噌和《あ》えが付いた定食だ。あまり食欲がなく疲れ気味だった。夏ばてかもしれない。さっぱりと食べやすく、それでいて栄養が取れるものがいいと言ったら、古都子が勧めてくれた。

運んできた唯の格好を見て、思わず噴きそうになってしまった。割烹着《かっぽうぎ》、三角巾《さんかくきん》にマスク姿の唯は、コロナ下の飲食店従業員として理想的なスタイルかもしれない。ただ、唯のそれを見て、斑尾の脳裏に浮かんだのは、小学校の給食委員だった。今日日《きょうび》、唯よりも身長の高い小学生も珍しくない。しかし、それを口にすれば、唯がむくれることは間違いないだ。斑尾は、視線をいなむどぅちに落として、視界から唯の姿を追いやった。

「あ～、美味《おい》しそう。これなら食べやすくて栄養満点だね」

「でしょ～」

料理してくれたのは古都子のはずだが、唯は得意げだった。

「その格好、感染拡大を防ぐためとは言え、結構大変だね。暑いでしょ」

「飲食店は清潔第一。下がTシャツ一枚だから平気だよ」

そう言う割に、唯は手が空くとエアコンの吹き出し口の前に立つ。

「それよりも、テレビで見た病院や自衛隊の人の防護服の方がスゴイじゃない。怜於奈は、着たことあるの？」

「訓練、というか体験で着てみたことはあるよ。白いやつは、通気性もあるから、それほど大変じゃない。本格的な防護服は、死ぬかと思う程だけどね」

「自衛隊って、いろいろ体験できるんだね。テーマパークみたい」

斑尾は、唯のお気楽さに肩を落とした。

「あのね……」

何か反論しようと思ったが、無邪気な唯の目を見て、そんな気はどこかに吹き飛んでしまった。替わりに脳裏に浮かんだのは、副官宴会のことだった。

「そんな特別な装備をするようなことじゃなく、今まで何気なくできていたことが、できなくなる方が大変だよ」

「何気なくできていたこと？」

斑尾は、副官宴会を企画しようとしたが、頓挫《とんざ》していることを話した。

「オンラインでやろうとしても、無理があるみたいなんだよね」

「あんまり知らないけど、自衛隊の中でも感染者は増えてるの？」

「初期にあった船への派遣や、医療現場への派遣が原因の感染者はいないけれど、これだけ感染が広まると、感染者ゼロっていうのは無理だよ。でも、感染が自衛隊内部で広がってしまわないように努力はしてる。幸い、マスクや手洗いといった基本的なことで、かなり感染を防げるから、感染防止は結構成功している方だと思う。自衛官って、ヤレと言われた事は、ちゃんとヤルから」

斑尾も、食べ物飲み物を口にする時以外は、マスクを外すことがない。給湯室が副官室から近いこともあり、手洗いも積極的にしている。アルコールを頻繁に使うと、肌を傷《いた》めるので、基本は水と石けんだ。

司令官などに報告する幕僚用には、副官室入り口に消毒用のアルコールも備え付けた。消毒してから報告に入ってもらうのだ。かなり消費が激しいので、少なくなると医務官室の空曹にお願いして補充してもらう。

「予防が大切だもんね。自衛隊で感染が広まれば、『島の病院に負担をかけるな！』なんて騒ぐ人もいるだろうし……」

「え？」

斑尾は、もし感染しても、基地外の病院に行くなんて、考えたこともなかった。

「自衛官が感染しても、部外の病院には影響が出ないと思うよ」

「どうして？」

「どうしてって、自衛隊の中に病院があるから。那覇だと自衛隊那覇病院がある。かなり大きな総合病院くらいの規模だから、入院者用のベッドも結構あったはず。自衛隊病院は、そんなに多くないけど、各基地には衛生隊や医務室が必ずあって、医師や薬剤師の免許を持った自衛官がいる」

「何でも自前なんだねぇ」

基地の直《す》ぐ近くに住んでいても、那覇病院の存在が知られていないのは、多くの自衛隊病院と異なり、那覇病院が一般開放されていないからだろう。

「そうね。陸上自衛隊なんて本当にそうだけど、隊員そのものが戦力だし、戦争になれば、負傷者が出ることも考えているから……」

唯は、身震いする振りをして、表情をゆがませた。

「怖い、怖い！」

唯は、何にでも怖がりだ。こんなに怖がりで、よく沖縄の海でダイビングなんてできるなと思うくらい。潜《もぐ》ること自体が危険だし、沖縄の海は、ウミヘビやハブクラゲ、それに見かけは可愛《かわい》いヒョウモンダコなど、毒をもった海洋生物が多い。ナイトダイビングのために船に乗っていると、ダツという鋭い口先の魚が飛んでくることもある。灯《あか》りを目がけてジャンプしてくるのだ。

「でも、いいこともあるんだよ」

斑尾は、ニンマリと笑って言う。

「何と、自衛隊病院や衛生隊で治療をしてもらうと、タダです」

「何それ。ずるい！」

「隊員そのものが戦力だっていう建前があるからだろうね」

唯は、ずるいずるいと繰り返していた。

「でも、そのせいかどうか知らないけど、副作用の強い強力な薬が出されることが多かったり、なまじ頑強な自衛官ばかり相手にしているせいか、医官は難しい症例の治療に慣れていなかったりと、問題もあるみたいだけどね」

自衛隊以外の病院でもそうだが、評判の良くない医官もいるのだ。

斑尾は、汁を飲み干して空になったいなむどぅちのお椀《わん》を見つめて考えた。医療体制に恵まれた身だからこそ、予防はしっかりとやらなければならない。副官宴会をやりたくても、今の情勢では無理なのかもしれなかった。

だが、南警団の知多二尉など、それぞれの副官との連携不良も何とかしたい。

「医務官に相談してみようかな」

自分では妙案は思いつかなくとも、専門家なら何か思いつくかもしれない。治療だけでなく、感染予防も、医務官の職務なのだ。

＊

「おはよ〜」

一等空佐らしくない挨拶《あいさつ》は、医務官である山城《やましろ》一佐だ。フレームの上側だけ樹脂で作られたコンビネーションフレームのメガネをかけている。何となく、おじいちゃんのお医者様がかけているイメージのメガネだ。山城自身は、まだ五十代の前半なのだが、その言動と併《あわ》せて、妙に穏やかな印象だった。

「おはようございます」

斑尾は、立ち上がって挨拶を返した。ＶＩＰのもとを訪れ、直接報告するのは、各部の佐官、尉官幕僚が多い。部長は、ＭＲ《エムアール》で顔を合わせる他《ほか》、昼食の際に、食堂で雑談めいた話を司令官とすることはあっても、直接報告に訪れることは珍しい。かなり重要で急ぎの懸案がある時くらいだ。

しかし、医務官だけは、毎日のように司令官のもとを訪れる。医務官は、防衛部長や装備部長と同列のポジションで、階級も一佐だ。組織としては、人数が少ないため、医務部とは呼ばれず、医務官室と呼ばれる。人員は、医務官の他に二名の幹部と三名の空曹士がいるだけだ。

以前は、ＭＲの場以外で、医務官室から報告される案件は少なかったらしい。今は、防衛省全体がコロナ対策を続けているため、他の部ほどではないにせよ、報告、決裁がある。それでも、普通なら医務官の下に配置されている三佐の幕僚が、報告、決裁に来ることで済むはずだ。

本人は、その理由を自分が一番暇だからだと言っていたが、「部長等」と呼ばれる一人なので、斑尾としても、他の幕僚のように副官室で入室待ちをしてもらうのは居心地が悪い。

「僕は気にしないよ」

山城は、そう言って副官室で待とうとしてくれた。しかし、山城が待っていたら、たまたま報告が長引き、山城を長時間待たせる結果になった他の幕僚も恐縮してしまう。斑尾は、報告がある際には、電話をしてもらい、順番待ちの椅子《いす》に小さなぬいぐるみを置き山城の予約状況として示すことにしていた。アメリカのアニメキャラで、青いロバのイーリョーだ。基地の近くにあるゲームセンターで取ってきた。クレーンゲームの景品だったのだ。うらなり顔の山城一佐が、イーリョーに似ていたし、医務官に医療で合《イーリョー》っていたからだ。おかげで、今では山城のニックネームはイーリョーになってしまった。医務官室の机の上にもイーリョーがあるらしいので、本人も気に入ってくれたようだ。

「医務官、ちょっとよろしいでしょうか?」

斑尾は、報告を終えて戻ろうとする山城に声をかけた。

「どうしたの？」

二等空尉の斑尾と一等空佐の山城では、四階級もの階級差がある。斑尾は、それを踏まえた言動をしているつもりだったが、山城はほとんど対等のもの言いだ。話していると激しい違和感を覚えるが、山城は何も感じていないように見える。逆に疲れる状況だったが、相談ごとのある今は、幸いだった。

「実は……」

斑尾は、九空団や南警団の副官を集めて、副官宴会をやりたいと考えていることを話したが、山城の答えも斑尾が望むものではなかった。

「感染予防には、何より基本動作が大切だからねぇ。どうしてもやるなら、席の間隔を開けたり、パーティションで区切ったりとか、対策はあるけれど、やらないに越したことはないよ」

「やっぱり、そうですか」

「そりゃそうですよ。簡単に対策ができるなら、飲食店での感染拡大は、話題になってないでしょう」

予想はしていたが、斑尾は肩を落とした。

「オンライン宴会にしたらいいんじゃないの？」

「それは考えました。ただ、この副官室のメンバーだけでも、環境が揃《そろ》わなくて……たぶん、部隊の副官室は、もっと条件が悪いと思います」

副官や副官付の年齢と階級も、司令官の序列に沿っている。正式に副官配置のある九空団と南警団は、まだなんとかなるかもしれない。しかし、副官に相当する仕事をしていても、副官とは呼ばれていない者がいる五高群や南西航空施設隊、それに南西航空音楽隊では、望み薄だった。

「副官の官舎に、副官室のメンバーが集まるのでも無理かな?」

「南施や南音はもとより、五高群も、幹部じゃありませんから難しいと思います」

山城は、しばらく下を向いて唸《うな》っていたが、突如、何かひらめいたのか顔を上げて言った。

「じゃあ、あれを使えばいいよ。ほらSOCにあるテレビ会議システム」

自衛隊がテレビ会議システムを取り入れたのは、かなり前だ。離れた場所にいる複数の各級指揮官が、同時に意思疎通を図るためのツールとして導入された。ただ、全《すべ》ての部隊に必要な器材があるわけではない。

「南施と南音には、なかったと思います」

斑尾の懸念に答えたのは村内だった。斑尾も知らなかったが、五高群にはあったようだ。

「じゃあ、南施と南音には、SOCに入ってもらえばいいよ。他と違って大きいんだから」

山城は、ずいぶんと気軽に考えているようだったが、副官になって日の浅い斑尾でも、問題があることは分かる。

「多分、ＳＯＣには、立ち入り許可の問題がありますね。南施と南音は難しいかもしれません。でも、ＳＯＣじゃなくて、ここの会議室でもテレビ会議システムは使えるはずなので、それはクリアできると思います。問題は、それよりもテレビ会議システムを使って、オンライン宴会をやるってことの方だと思います」

「そんなのは、飲まなきゃいいだけだよ。茶話会《さわかい》だよ茶話会」

山城と話していると、斑尾は、自分が妙に堅物に思えてきてしまう。決してそんなことはないはずなので、山城が極端なだけだ。

自衛隊には、自衛官らしい自衛官が多い。だが、彼らも決して最初から自衛官らしかったわけではない。染まってゆくのだ。ところが、この染まりやすさは、職種によって差がある。もちろん、個人差もあるものの、いつまでも自衛官っぽくならない職種もある。医官や薬剤官は、そうした職種の一つだ。山城の場合、職種傾向に加えて、個人的にも染まらない性格なのだろう。

とは言え、山城の言う通り、確かに飲まなければ調整会議と言えなくもない。

「確かに、そういう建て付けならやれるかもしれません。調整してみます。ありがとうございました」

斑尾は、山城に頭を下げると、調整先を考えた。会議室やＳＯＣの使用は、総務課だった。普段から、総務課とは連携して仕事をしている。各部隊の副官との連携強化のためと言えば、否《いな》とは言わないだろう。一方、テレビ会議システムの管轄は通電課だ。

「こっちは、ハードルが高いかも……」

＊

防衛部通電課は、同じ防衛部の中にある防衛課や運用課とは雰囲気が違う。配置されている者の職種が違うからだ。防衛課や運用課は、パイロットや兵器管制、それに高射運用など。職域という大きな区分では、作戦運用と呼ばれる特技職の者だ。それに対して、通電課は、情報通信だ。職域では作戦基盤に分類される。

職域としては、どちらにも〝作戦〟が付くものの、作戦運用は、敵の出方次第では、柔軟な動きを必要とされる分野だ。そのため、良くも悪くも、航空自衛隊的、つまり空自の気質を表わすとされる言葉「勇猛果敢、支離滅裂」を地で行っている。

それに対して、作戦基盤の根幹とも言える情報通信が支離滅裂では、敵が来なくとも、部隊は混乱の極みになってしまう。自《おの》ずと、その世界、空気に染まった者は、気質も確実、着実、堅実だ。言い方を変えれば、融通が利かない。

「そんなの、明らかに目的外使用じゃないか」

テレビ会議システムを使いたいと相談に訪れた斑尾に、通電課の総括班長、田所《たどころ》三佐は、にべもなく答えた。予想していたとはいえ、こうもすげなく断られると、角張ったメガネの奥に宿る光も、意地悪そうなものに見えてしまう。

「目的外使用……ですか？」

「ああ、そうだ。どんな装備であれ、目的に則《のっと》って調達され、配備されている。ものによっては、異なる目的に使用可能なものもあるが、本来の目的以外の目的で使用することを目的外使用という。基本的に、避けるべきものだ。副官は高射運用だったか。運用職だと耳にしたことはないかもしれないが、高射整備の連中だって、目的外使用はＮＧだと言うはずだぞ」

「でも、この情勢下ですし、目的外と言っても、普段から使ってないと思うんですが」

テレビ会議システムは、複数の指揮所をつなぎ、会議を行うためのものだ。南西空司令部では、溝ノ口が使うためのものと言えた。しかし、斑尾が副官となってから、テレビ会議システムを使ったことは一度もない。

「確かに、感染拡大防止には役立つかもしれない。それに、使用頻度も高くない。しかし、なんで課業外にやるんだ？　調整会議って言ったって宴会みたいなものじゃないのか？」

「いえ、飲みません！」

「じゃあ、茶話会か？　どっちでも一緒だ」

さすがに、茶話会とは言わず、調整会議のためと言っていたが、魂胆はしっかりとばれていた。

「しかし、田所三佐も、感染防止には役立つと仰《おつしや》るなら、本来の目的以外であっても、使っても良いのではないですか？」

田所は、嘆息するようにして言った。

「どうして目的外使用が良くないと言われるか知らないか？」

「あ、はい。目的外使用という言葉も知りませんでした」

田所は、大きく息を吐いた。

「会計検査で突っ込まれるんだよ」

「あの、会計や整備、補給の人が大騒ぎする会計検査ですか……」

自衛隊の予算使用状況は、会計検査院が検査を行う。会計検査で問題とならないように、会計監査という自衛隊内独自の事前点検を行って万全を期すくらいだ。会計検査で問題視されると、以後の予算獲得が難しくなる。田所によると、目的外使用には、会計検査院が目を光らせているという。

田所が話している間、部屋の奥に座る通電課長、森山《もりやま》二佐は、何やら言いたそうな顔で腕組みしていたものの、口を開くことはなかった。課長に怒られなかっただけ良しとしなければならない。

「了解しました。考え直します」

斑尾は、肩を落として通電課を後にした。

＊

斑尾が副官室前まで戻ってくると、廊下に副司令官の目黒宏空《めぐろひろし》将補が出てきた。トイレに向かうようだ。体格のいい目黒の歩きを言葉で表わせば、のっしのっしがぴったりだった。

その目黒は、副官経験者だ。航空教育集団司令官の副官を務めたことがあるという。航空教育集団は、南西航空方面隊の上級部隊である航空総隊と同格のメジャーコマンドと呼ばれる部隊だ。司令官にしても、副官にしても、南西空司令部とほぼ同格か若干上の者が配置される。目黒は、一等空尉への昇任直前に副官となり、二年半も副官を務めたという。その当時、副官の任期は、司令官の任期に合わせてあり、司令官の任期途中で副官が交代することは基本的になかったそうだ。

斑尾は、テレビ会議システムの件を、目黒に相談しようかと考えた。副官経験者なら、副官室宴会をやる意義も理解してくれるかもしれない。航空教育集団司令部は、静岡《しずおか》県の浜松《はままつ》基地にある。隷下《れいか》部隊は全国にあるものの、同じ浜松基地内にも、副官がいる部隊が複数あった。第一航空団に第一術科学校、それに当時は第二術科学校もあったはず。目黒も副官宴会を行っていた可能性だってあるのだ。

目黒が、テレビ会議システムを使うことに賛同してくれれば、通電課もＯＫしてくれるかもしれない。

「お疲れ様です」

斑尾は、目黒に声をかけたが、喉《のど》まで出かかった相談は飲み込んだ。目黒が賛同してくれれば、状況は変わるだろう。だが、これは卑怯《ひきょう》な手段に思えたからだ。副官というトップに近い立場にいることを利用することになる。

斑尾は、自分の席に戻ると腰を下ろした。

「どうでした？」

声をかけてきたのは三和だ。三和も着任から日が浅く、斑尾と同じように他の副官をよく知らない。副官宴会をやるなら楽しみだと言っていた。

「ダメ。目的外使用だって」

「そうですか。通電課がノーじゃ難しいですね」

三和は、あっさりと諦めた。担当部署の意向は強いのだ。それでも、斑尾は諦《あきら》めきれなかった。使用頻度が低く、宝の持ち腐れになっているものを使うのだ。目的外使用かもしれないが、有効利用なはずだ。

副官である斑尾には、形式上の上司はいない。司令官である溝ノ口だけだ。しかし、溝ノ口に相談することは、目黒に相談する以上に卑怯な手段だ。指導する立場として、実質的な上司である幕僚長、馬橋一佐に相談することも同じだ。通電課に対しては、頭ごなしになってしまう。どうしても、はばかられた。

「やっぱり医務官か……」

そもそも、テレビ会議システムを使うことの発案者は医務官の山城だ。調整してみると言った手前、山城にも報告はしなければならない。通電課が難色を示していると言えば、動いてくれるかもしれなかった。

＊

医務官室には、医務官の執務机の他に、島が一つあるだけだ。斑尾は入室すると、島を迂回《うかい》して医務官の前に立った。机の上には、情けない顔のイーリョーが鎮座している。

「調整結果を報告に来ました」

「通電課はなんて言ってた？」

「はい。総括班長の田所三佐に相談したんですが、目的外使用だからダメだと言われてしまいました」

斑尾が答えると、山城は頭をかきながら言った。

「やっぱりか。頭が硬いなぁ」

「どうしたらいいでしょうか。感染防止に有効ということで、こちらの系統で総隊に報告して頂くとか、手があればいいんですが……」

医務官には医務官のラインがある。上級部隊である総隊司令部の医務官に報告してもらうこともできるのだ。

「それもできるけど、まずはこちらでできることをしなきゃダメだよ」

「何かの会議で取り上げてもらいますか？」

MRで話題にしてもらうことも可能なはずだ。しかし、山城は首を振った。

「いや、関係するのが通電課だけだから、そこまでする必要はないし、逆にしない方がいいんじゃないかな」

会議で話題にすることは避けた方がいいという。斑尾にはその理由が分からない。率直に尋ねると、予想外の答えが返って来た。

「通電課を非難することになっちゃうでしょ。目的外使用だというのは事実なんだから。彼らが、立場的にそれを指摘するのは当然だよ」

「なるほど」

普段の山城は、毛ほどにも自衛隊に染まってないかのように見える。それでも、こんなところはさすがだった。年の功なのかもしれない。

「でも、そうだとすると、どうしますか？」

「どうって……当然報告するよ」

山城は、溝ノ口や目黒に報告するつもりらしい。

「ありがたいですが、なんだか気が引けますね」

もしも司令官が、感染防止のために、目的外使用になってもテレビ会議システムを使って構わないと言えば、状況は変わる。

そのための報告をするのは山城だが、調整会議と銘打って茶話会を行おうとしているのは斑尾だ。山城を介しているとは言え、やはり副官の立場を利用した卑怯な手段のように思えた。そのことを山城に告げると、彼は、あきれ顔で首を振った。

「副官が言えばそうかもしれないけど、僕が言うならいいんだよ。感染防止は僕の職分だからね。僕としては、感染防止に有効なツールは使わせたい。通電課長としては、会計検査で目的外使用と指摘されることは避けたい。それぞれの職責において、異なる主張があるのは当然だよ。それを最終的に判断するのが司令官の仕事」

山城の説明を聞いて、卑怯なことなのではないかという懸念は、完全にはぬぐい去れないものの、納得はできた。だが、その一方で、新たな懸念も湧《わ》いてくる。

「それは分かりましたが、司令官の判断が、会計検査で指摘される可能性も出てきてしまうってことですよね……」

「そりゃ、そうだけど。それが司令官の仕事なんだし、気にする必要はないんじゃないの？」

「必要ないんですか？」

山城は肯《うなず》いた。

「目的外使用が良くないと言ったって、勝手に目的外使用することがだめなんであって、相応の合理性があって、明確な判断の下に使用するのなら、必ずしも悪いことじゃない。その判断のために司令官がいるんだからね。それでも会計検査で指摘されることはあるかもしれないけど、司令官だってそれを承知で、つまり覚悟の上で決断するんだから」

斑尾は、司令官が下さなければならない決断の重さを改めて噛《か》みしめた。

「それに、使用目的の方が変えられることだってあるんだよ。ある薬が、別の病気に有効なことが発見されて、新たな用途で使われることなんてざらだし、Ｆ－２なんて、開発配備した時は、支援戦闘機、いわゆる攻撃機としての配備だったんだからね。今は、支援戦闘機っていうカテゴリー自体がなくなってる」

目的外使用はダメだと言われ、斑尾は、そういうものかと思ったが、必ずしもそうではないようだ。

その後、山城が馬橋、目黒に続き、溝ノ口に報告すると、テレビ会議システムを使用して良いと許可が出た。

「通電課には、僕から言っておくよ。最初に使うのは副官だろうから、使ってみた感想を教えてくれるかな」

「分かりました。ありがとうございます」

斑尾には、何だかよく分からないまま状況が好転した。山城のおかげなのだから、リクエストに応《こた》えることは当然だろう。

「後はスケジュール調整か……」

＊

意外なことに、スケジュール調整は、あっさりと終わった。そもそも、参加者全員の空き日程が重なる日がほとんどない。たまたま翌週の月曜が空いており、次は一ヶ月以上先となれば、月曜にやるしかなかった。

宴会ではなく、調整会議という体裁を取るため、慌てて命令を起案する。と言っても、文書規則上、副官が正式な文書を作ることはないので、文面だけ作り、総務課で決裁をしてもらった。自衛隊もお役所の一つなので、細かな面倒は多い。タイトルは、『副官等調整会同実施に関する一般命令』という極めて堅苦しいものになった。

実際には茶話会なので、MRで報告される週間予定に『副官等調整会同』と書かれているのを見ると複雑な気分だ。もちろん、誰かが突っ込んでくれれば、「副官等の間の意思疎通が不十分なため、これを改善するために実施します」と答える予定だ。幸いにも「何だそれは？」と言い出す人はおらず、無事に月曜を迎えることができた。

斑尾を始めとした司令部の副官付は、立ち入りの問題がないので、地下指揮所であるSOCに入る。テレビ会議システムがない南施隊と南音隊は、司令部の会議室を使ってもらうことにした。感染防止を図って、極力集まる人数を絞るための措置だ。九空団、南警団、五高群は、それぞれの指揮所に端末があるため、そちらに陣取っている。

「準備はできてます。カメラとマイクの角度調整は、それぞれで行って下さい」

斑尾がSOCに入ると、システムを立ち上げ、準備してくれた通電課の空曹から声をかけられた。

「ありがとう。助かりました」

席に着き、カメラの角度調整を行いながら、各隊の準備状況をチェックする。正面の巨大スクリーンに映る自分の顔を見て、斑尾は〝ブスだ〟と思った。もっと正確に言えば、化粧が下手だった。どこがどう悪いのか分からないものの、印象が暗い。そのくせ、明るく見せるためのチークは不自然だった。出勤前はもちろん、SOCに入る前にも、鏡でチェックしたつもりだったが、カメラを通し、大画面に映されると粗が目立つ。テレビに出る女優やタレントには、専門のメイク係がついていることも納得だった。

斑尾が開始の宣言を行い、調整会同という名の茶話会は、自己紹介から始まる。当然、斑尾からだ。自衛隊の自己紹介は、テンプレが決まっている。慣れてしまうと特に準備していなくとも、自然と口から出てくるようになる。

「南西空司令官副官、斑尾二尉です。部外十X期、防大六十X期相当、特技は高射運用、部隊歴は、饗庭野《あいばの》の第四高射群第十二高射隊、五高群指運隊、南西空司令部です。高射のことしか知らなかったので、今は日々勉強させてもらってます。那覇基地内の異動で司令部に来ましたが、指運隊はランウェイの向こう側だったので、いろいろと新鮮です。よろしくお願いします」

最低限は、役職、階級氏名、出身期別、特技、部隊歴だ。部隊歴が長い場合は、一部省略する。これだけで、どんな自衛官人生を歩んできたのか、大体のことは分かる。後は、個人的な想《おも》い入れを語ればいい。斑尾の場合、一般大学の卒業なので、出身期別は部外〇〇期となる。数字は西暦年の下二桁《けた》だ。防大出身者も幹部候補生学校でいっしょになるため、防大△△期相当とも言われる。防大の期は、一九五七年に卒業した一期生からの数えだ。二〇五七年には、再び一期と呼ばれるのかもしれない。

斑尾の次は副官付だ。守本、村内、三和と続く。その後に九空団だ。宮古島の初度視察が終わるまで、溝ノ口の着任関連行事が目白押しだったため、司令部の副官室宴会もやっていない。斑尾は、守本たちの部隊歴くらいは知っていたが、彼らの自己紹介を聞くだけでも新発見があった。

「前部隊の二補《にほ》では、岐阜《ぎふ》の分屯基地にも行くことがありました。時期も被《かぶ》っているので、もしかしたら饗庭野の道路上で、副官とすれ違ったことくらいはあったかもしれません」

守本の言葉に驚いた。もちろん、だからと言って何もないのだが、全国に広がる自衛隊でも、意外に狭いのだった。

女性自衛官（WAF《ワッフ》＝Woman in the Air Force）は、二人いた。九空団と南警団の副官付だ。二人とも空士長《くうしちょう》だった。

「私は、希望して副官付配置にして頂きました。気象特技ですけど、将来は、特輸隊に行きたいと思っています」

九空団の副官付、矢内《やない》士長は希望して副官付になったらしい。斑尾と違い、テレビ会議システムでアップになっても、きれいな顔だった。特輸隊と略される特別航空輸送隊は、政府専用機を運用する部隊だ。特輸隊希望ということは、政府専用機に乗り込むキャビンアテンダント、特別空中輸送員になりたいのだろう。特別空中輸送員は、空自では数少ない外見が多少なりとも考慮される配置だ。副官、副官付もそうだったし、VIPの接遇を行うという点で、共通点が多い。特別空中輸送員になるためのステップとして、副官付を経験するという話は聞いたことがあった。

今回、調整会同という名の茶話会を開催する発端となった南警団の知多二尉の特技は、情報通信だった。与座岳分屯基地の第五六警戒群勤務から副官になったそうだ。

「今回、テレビ会議システムを使うために通電課と調整したんですが、目的外使用だって反対されました」

斑尾の言葉に、知多が苦笑気味に答える。

「そうでしょうね。本来、我々が使うためのものじゃないですから。斑尾二尉がねじ込んだんですか？」

斑尾は、慌てて首を振る。

「とんでもない。医務官です。でも、私が医務官に相談したから動いてもらえたんですけど」

お菓子をつまみ、ドリンクを飲みながら、自己紹介をネタに親交を図る。各副官室の関係者が、どんな背景を持っているのか知るだけでも、必要な配慮がし易《やす》くなる。何気ない会話でお互いを知ることは重要だった。所詮《しょせん》、組織は人でできている。

予想外の収穫というか、賞賛を受けることもあった。

「斑尾二尉の良いところは、観察力でしょうか。女性だからかもしれませんが、先日の海自P－3《パパ・スリー》搭乗の発端は、司令官が口にしなかった搭乗希望を斑尾二尉が感じ取ったからでした。まだ着任からさほど経っていないのに、司令官の意向をくみ取ったのはさすがだと思いました」

身内である村内からそう言われると、照れくさかった。

「ただ、自分で仕事を抱え込みすぎて調整不足になるよりは、我々に振って欲しいです」

直後に落とされると、落とすための緩衝材だったのかと勘ぐってしまう。

しかし、こうした批判が出てくるということは、ある程度うち解けて話せるようになった証拠だ。そして、それが即座に改善につながることもある。

「このテレビ会議で拝見して思いましたが、斑尾二尉は、少しお化粧を勉強された方がいいと思います」

九空団の矢内士長だった。さすが、特別空中輸送員を目指すだけある。自覚したばかりのことだったので、斑尾が「うっ」と怯《ひる》んでいると、「良かったら、お教えしましょうか？」と言ってくれる。渡りに船とは、こういうことだ。

「ホント？　教えてくれる⁉」

斑尾の身近で、メイクを教えてくれそうな人は少ない。唯は可愛らしいが、ダイビングのインストラクターをしているくらいだ。日焼け止めには詳しくても、メイクには詳しくなさそうだ。富野《とみの》三曹くらいだろう。ただ、彼女の場合、化粧のセンスというか、どこかトレンドとずれているような気がしていた。

矢内と約束を取り付けていると、スクリーンの一つで、知多の周りが慌ただしくなった。知多自身や副官付ではなく、背後が騒がしいのだ。

「知多二尉、何かありましたか？」

背後を振り返った知多が答える。

「当直室みたいです。ちょっと見てきます」

南西空司令部もそうだったが、当直は、部隊のオペレーションにも関係する。そのため、指揮所の一部に当直室が設けられていることが多い。

落ち着かないまま、知多が戻ってくるのを待つ。もし、当直だけで処理できず、南警団司令に報告するような事態が起きたのであれば、当然のことながら茶話会は中止だ。溝ノ口に連絡する必要があるかもしれない。状況を確認したらしい知多が、あたふたと戻って来た。

「オキエラで災派《さいは》がかかるみたいです」

知多がそう言うと、斑尾たちがいるSOCの脇《わき》にある南西空司の当直室も騒がしくなった。当直系統で報告が入ったのだろう。当直が溝ノ口に報告する可能性もあった。斑尾も腰を上げ、当直室を覗《のぞ》きに行く。

「了解。県からの災派要請で、陸自が沖永良部から那覇まで急患空輸を実施するということで間違いないですね？」

電話口で確認をしているのは、防衛課の淡島《あわしま》一尉だ。顔と階級氏名は一致させられるものの、話した回数は多くない。副官は、副官室から動くケースが少ないため、報告や決裁に訪れることが多くない幕僚とは、なかなか話す機会がないのだ。

「ネガティブ？」

淡島一尉は、顔をしかめていた。ネガティブということは、確認しようとした認識に誤りがあるということだ。

「了解。負傷者多数のため、空自にも空輸依頼をする可能性があるで間違いないか？」

確認が終わったらしい淡島は、受話器を置き、もう一人の当直幕僚、会計課の手越《てごし》三佐が広げた資料を覗き込んだ。斑尾は、当直室の入り口で声をかける。

「司令官報告が必要そうですか？」

当直の仕事はトラブル対処だ。必要以上の口出しは、邪魔になってしまう。

「副官か。ちょっと待ってくれ。今、確認してるから」

そう答えたのは、手越だ。当直幕僚には、防衛課か運用課の作戦運用職域の幕僚一名とそれ以外の職種の幕僚一名で就くことになっている。こうしたケースの対応は、作戦運用職域の方が慣れているからだ。階級は手越の方が上でも、実態は淡島の判断の方が尊重されるらしい。手越は、サポート役に徹しているようだ。

二人が資料を睨《にら》んでいる間に、先ほどとは別の電話が鳴る。運用系で使われている電話だ。淡島は、受話器の代わりに取り付けられているヘッドセットを着けた。

「SOC当直」

淡島は、自分のポジションだけを告げ、口をつぐんだ。無言のまま、相手の言葉を聞いている。

「了解。救難、那ヘリはスタンバイ。まだ空自に要請が来るかどうかは不明」

淡島は、そう言って電話のボタンを押して通話を切った。ヘッドセットは着けたまま、視線を資料に戻した。

しばらく資料を睨んでいた淡島が、「よし」と言って視線を上げた。手招きされたので、斑尾も当直室に足を踏み入れる。どうやら、手越への報告と合わせて状況を聞かせてくれるようだ。

「沖永良部でバスの横転事故が発生し、多数の負傷者が出たらしい。県から陸自に急患空輸の災派要請がかかった。オキエラのヘリポートを使う予定だそうだ。ただし、負傷者が多数のため、陸自だけで対応できない可能性があるということで、陸自から連絡が入っている。正式に、陸自から支援要請があれば、救難も那ヘリも飛行に問題はないそうだ。その場合も、陸自との協定に基づいて動くだけなので、司令官報告は必要ない。こちらからGOを出す」

「了解しました。ありがとうございます」

司令官報告が必要ないということだけ聞ければ十分だった。斑尾は、礼を言って茶話会に戻る。画面には、知多も戻っていた。斑尾は、聞いてきた情報を開示する。

「陸自が急患空輸でオキエラのヘリポートまで飛ぶそうです。負傷者多数で、陸自だけで手が回らない場合は、救難隊や那覇ヘリコプター空輸隊も飛ぶそうですが、特に問題ないそうです。大変かもしれないのは分屯基地のヘリポート運用支援だけですね」

斑尾は、緊張した茶話会を落ち着かせるつもりだったが、知多は表情を曇らせた。

「事故でヘリポートを使うかもしれないというのは、五五警からも報告が上がってました。ただ、一つ気になることがあります。空自にも要請が来るかもしれないほど多数機が飛んだら、ヘリポートで捌《さば》ききれないかもしれませんよ」

「あ！」

沖永良部島分屯基地のヘリポートは、斑尾もＣＨ－47で飛んでいったので実際に見ている。無理をすれば、シングルローターのＵＨ－60ならば、二機が着陸できる程度の広さはある。しかし、タンデムローターの大型ヘリＣＨ－47は一機が限界だろう。

斑尾にしても知多にしても、副官は、その階級以上に多くのことを見、知ることができる。知多も、当然沖永良部島に行ったことがあるのだろう。

「一応、当直に知らせとくよ」

斑尾が当直室にとって返し、知多の懸念を伝えると、淡島が手を振って答えた。

「了解。陸自だって、使用するヘリポートの状況は承知してる。当然、配慮しているはずだが、気にしておく」

斑尾は、少しだけそわそわしたまま茶話会を続けた。

結局、急患空輸は、陸自が二機のCH－47を飛ばすことで対応できたそうだ。ヘリポートについても、同乗する部外医師の都合で、間隔を空けて飛ぶことになったため、問題なく対応できたらしい。状況が判明したところで、手越が教えてくれた。

斑尾は、この茶話会の締めとして、画面に映る各部隊の副官、副官付に言った。

「ヘリの件は、老婆心というか、余計なお世話だったみたいですが、副官、副官付は、あちこちに顔を出せるぶん、いろいろと気付くことも多いと思います。今回の茶話会を計画する発端になったのも、そうした気付きの一つでしたが、我々のコミュニケーションが良くないと、良い気付きでなく、誤解で部隊を混乱させることにもなりかねません。茶話会を行ったことで、顔も名前も十分に知ることができたと思います。これからも、ちょっとでも懸念があったり、気付いたことがあれば、遠慮なく連絡をとって、南西航空方面隊が円滑に回るように頑張りましょう！」

＊

調整会同という名のオンライン茶話会を行った翌週のMR、斑尾は、会議室の壁際で、各部課の報告を聞いていた。プロジェクターを使用するために照明が落とされることもあり、最近では、注目する話題がなければ、眠気を感じるくらいに慣れてきた。

ＭＲの終盤、医務官室の報告を行うのは、柿山《かきやま》三佐だ。

「先日、テレビ会議システムを使用し、各種調整会議等をオンラインで実施することに関して、司令官の了承を頂きました」

さすがに、この話題を出されると、斑尾の眠気も吹き飛ぶ。

「目的外使用とはなりますが、感染防止には有効だと考えられます。早速、副官が隷下の副官を集め副官等調整会同を実施しています。本件について、総隊に報告したところ、懸念を指摘する声もあったそうですが、総隊司令官からは、積極的に活用するようご指導があったとのことでした」

斑尾は、ほっと胸をなで下ろした。司令官がＯＫと言ったとしても、上級の司令官である航空総隊司令官から問題視されることもある。総隊司令官もＯＫを出したとなれば、その上には航空幕僚長しかいない。ここからひっくり返される可能性は低かった。

「南西空として、活用を推進したいと思います」

そう締めくくった柿山に、溝ノ口は質問を投げかけた。

「副官等調整会同を活用事例として報告したんだな？」

「はい。写真を含め、実施概要を報告してもらっております」

医務官からは、一応写真を撮っておいて欲しいと言われていたため、会同の実施中に何枚か写真を撮って渡していた。柿山がスクリーンに映し出した写真は、机の上に載ったドリンクやお菓子まで写ったものだった。それを総隊に報告したらしい。斑尾は、一気に吹き出してきた汗を感じた。

答えを聞いた溝ノ口は、納得顔だ。

「副官の〝茶話会〟でも問題ないのだから、実施が計画されている各種調整会議では、積極的にシステムを利用し、感染防止を図るように」

溝ノ口は、〝茶話会〟を強調して語った。どうやら、溝ノ口と山城は、観測気球として副官等調整会同を使ったらしい。必然性が高く、以前から計画されている会同ではなく、実質的には茶話会である副官の集まりを報告することで、上級部隊の確認を取ろうとしたのだ。コの字型に配置された部長等の席では、山城も満足そうに笑みを浮かべていた。

「やられた……」

斑尾は、会議室の隅で、誰にも聞こえないように独りごちた。

*

その日の午後、通電課長の森山二佐が司令官報告にやってきた。細面で人のいいオッサンという風体だ。あまり自衛官然としていない。迷彩服よりも作務衣《さむえ》でも着ていそうな雰囲気を纏《まと》っている。森山は、最初に幕僚長に報告した後、副司令官室が空くのを副官室の待機椅子で待っていた。

田所三佐から、目的外使用だと言われていた時、森山は何やら言いたそうな顔をしていたことを覚えている。斑尾は、一言謝っておきたかった。

「通電課長、テレビ会議システムの件は、申し訳ありませんでした。医務官が推進し、司令官が判断したとはいえ、今後の会計検査で迷惑をかける結果になってしまったかもしれません」

斑尾は、発端になってしまったことが気になっていた。軽く下げた頭を上げると、森山は、面食らったような顔をしていた。

「あ～あれか。気にしなくていいぞ。確かに、目的外使用ではあったんだが、逆に使用実績を作れたからな」

「使用実績ですか？」

森山は、ごま塩頭を掻《か》きながら言った。

「ほとんど使ってなかったのは知ってるだろ？」

「はい。司令官が使用するツールとして申し送られていましたが、使ったのは演習の時くらいだと聞いています」

「基本的に有事のための装備なんだから、演習でしか使われないというのも当然と言えば当然なんだが、それでもわざわざ購入した装備の使用実績が低いというのは問題なんだ。

目的外使用と同様に、会計検査で指摘されることもある。会計検査院とすれば『その装備は、本当に必要だったんですか？』というわけだ」

「なるほど……」

そんな背景もあったとは、思いもよらなかった。

「目的外使用も問題なら、使用実績がないってことも問題なんだ。〝感染防止〟を、目的外使用をするための、錦《にしき》の御旗《みはた》にしたってことだ。ただ、こっちからは言い出しにくかった。医務官が言い出してくれて助かったよ」

斑尾が知らないことは、まだまだたっぷりあった。

「その上、最初の実績が〝茶話会〟だからな。ちょっと肝が冷えたが、総隊司令官が積極活用しろと言ってくれたのなら、今後も悩む必要がなくなったよ。その意味では、副官にも助けられたな」

斑尾を利用していた人物が、もう一人いたようだ。もう、苦笑するしかなかった。

第三章　副官は司令官の？

いつものように、司令官の溝ノ口に続いて会議室に入る。机はUの字形に置かれ、副司令官の目黒、幕僚長《ばくりょうちょう》の馬橋の他《ほか》、各部長がそれぞれの席に着いていた。着任当初は、全員が起立して待っていたのだが、溝ノ口がそこまでしなくていいと言ったため、今のスタイルになっている。

会議室は、防音のためもあり毛足の長い絨毯《じゅうたん》が敷かれ、足音はほとんど響かない。わずかな衣擦《きぬず》れの音が、ことのほか耳に響く。

溝ノ口が席に着き、斑尾も、彼の背後、壁際に置かれた事務椅子《いす》に音を立てないように腰を下ろした。

「それでは、MR《エムアール》を始めます」

馬橋が宣言すると、照明が落とされ、毎朝の恒例行事、モーニングレポートが始まる。報告は、建制順《けんせいじゅん》で行われる。各部課の書類上での順序だ。一般社会でも使われることがあるらしいが、元々は役所言葉らしい。建制順トップは総務部総務課だ。正面の大型スクリーンに映されていた南西航空方面隊のエンブレムが、行事のスケジュール表に変わる。総務課からの報告はスケジュールがメインだ。それが終わると、特異事象として各種の事故が報告されることもある。

一般社会で事故と言えば、思い起こされるのは交通事故だろう。工場を動かしている企業なら、ガス漏れなどの他、機械や装置の異状、それに労災になるような従業員の負傷も事故に入る。自衛隊の場合、車や航空機の事故はもちろん、工場での事故と同じような事故もある上、服務上の問題も服務事故として報告される。

営内者の日夕点呼《にっせき》時に不在となる、つまり帰隊が遅れ、帰隊遅延となることも事故だし、風邪《かぜ》を引いて寝込んでいることも事故なのだ。点呼では、そうした事故がないということを表わすために、異状がなければ「事故なし」と報告する。

方面隊レベルになると、帰隊遅延程度の事故は報告として上がってこないものの、体を壊し、入院しているなどのために、一定期間任務に就けない者の数は、人事が報告する。航空機や機材を損傷するような事故は、運用課や整備課などが、それぞれ担当し、報告する。

総務課は、そうした各種事故のうち、部外への影響がありえそうなものを報告することになる。ささいなものまで含めればそれなりの数になるため、意外と報告されることは多い。特に、月曜の朝は週末分の報告がまとめて報告されることになるため、そうした事故報告は多かった。斑尾は、この日の報告にも〝またか〟と思った。服務事故は、部外対応がやっかいなことがままあるためだ。報告するのは、禿《は》げ頭の総務課長、西口三佐《にしぐちさんさ》だ。

「昨夜、九空団車器隊《しゃきたい》所属の士長が、傷害罪の疑いで逮捕されました。第一報によりますと、昨夜の日曜二十三時過ぎ、公園で行われていた喧嘩《けんか》に、当該隊員が仲裁に入ろうとしたところ、殴りかかられ、反撃したことで相手に怪我《けが》をさせたらしいとのことです。隊員の負傷は、大したことはないそうです。九空団としても、まだ詳しい状況を摑《つか》めていないとのことですが、内容によっては、何らかの部外対応を行うとのことです。喧嘩での傷害なので、方面として部外対応する必要はなく、九空団の対応で十分かと考えております」

突発的な喧嘩であれば、傷害罪として罪になるとしても、通常は航空団レベルで対応するだけらしい。喧嘩程度であれば、マスコミも大騒ぎすることはない。斑尾が、このまま、次の報告に移るだろうと思った時、幕僚長の馬橋が声を上げた。

「仲裁に入って、逮捕されたのか？」

「そのようです」

「他に逮捕者は？」

「現時点ではいないとのことです。ただし、隊員が殴った者以外にも、元々の喧嘩で負傷している者がいます。その加害者が、当該隊員によって負傷させられ入院しているようなので、こちらは、後から逮捕されるかもしれません」

西口の報告に、馬橋は腕を組み、顔をしかめている。

「馬橋さん、気になりますか?」

声をかけたのは、隣に座っている溝ノ口だ。

「ええ、ちょっと」

馬橋は、そう答えると西口に命じた。

「詳細な事件の状況と九空団の対応を報告させてくれ」

仲裁に入ったのなら、その情状は酌量されるはずだ。とは言え、やり過ぎていたのなら、逮捕されること自体は致し方ないと思えた。斑尾には、馬橋が何をそれほど気にしているのか分からなかった。

*

MRの終了後、一時間ほど経過すると、西口が馬橋のもとに報告にやってきた。五分後、馬橋が西口を伴って幕僚長室から出てくる。馬橋は、副官室のカウンター上におかれた入室状況の表示ランプを確認した。司令官室も副司令官室も『入室可』だ。報告に入っている者はいない。

「司令官と副司令官にまとめて報告してもらう。副官、お茶を頼む」

長くなるということだ。守本がＶＩＰ三人の表示ランプを『入室不可』にする。斑尾は、三和に手伝ってもらい、お茶を淹《い》れると司令官室に向かった。

四人は、応接セットのソファに座っていた。無言で、西口が持ってきた資料を睨《にら》んでいる。斑尾が溝ノ口の前から順にお茶を置き、退出するために目礼すると、溝ノ口に声をかけられた。

「副官も聞くように」

話が大きくなるのかもしれない。報告が増えたり、司令官が記者会見する可能性もあるのかもしれなかった。斑尾は、こういう時のために壁際に置いてあったパイプ椅子を出し、西口の近くに座る。西口から、事件の概要が書かれた資料を手渡された。

九空団の車両器材隊、略して車器隊に所属する江口《えぐち》士長は、基地内に居住する営内者だった。彼は、許可を受け、基地外に下宿を借りていたという。ある程度経験を積んだ空曹《くうそう》士《し》では普通のことだ。昨夜、彼は外出を許可され下宿にいた。事件現場は、下宿近くの公園だった。コンビニに行く途中で事件に遭遇したらしい。

事件現場では、よくその公園でたむろしている不良グループの三人が、一人の少年をリンチしていたようだ。そこに、たまたま通りかかった江口が止めに入ろうとした。三人と江口が口論になるなかで、江口が不良グループの一人を殴り、昏倒《こんとう》させたという。

そこに、警察が通報で駆けつけ、三人と江口、そしてリンチを受けて倒れていた一人を確保したという。

以上の概要は、公園近くに住み、警察に通報した人の証言だという。九空団は、この情報を警察から聞いたようだ。リンチを受けた少年と昏倒した不良グループの一人が、豊見《とみ》城《ぐすく》市内の病院に入院中という。

「助けに入ってやり過ぎてしまったということか」

「細部状況が分かりませんが、そのようです」

溝ノ口の言葉に、馬橋が答えた。

「法務官にも見てもらおう」

そう言った副司令官の目黒と目が合った。斑尾は、直《す》ぐさま立ち上がる。

「呼んできます」

法務官は、医務官と同じように指揮系統上は部長と同格だ。法律上の問題をサポートするために置かれている。米軍では、同種のポジションに、法曹資格、つまり司法試験に合格した将校がついているが、自衛隊では法曹資格を持っているものは極稀《ごくまれ》だ。法務特技を与えられた幹部が、一般大学の修士課程や博士課程に研修に赴くことで知識を身につけている。

斑尾は、副官室に駆け込み、法務官室に電話をかけた。直ぐに司令官室に来るよう伝え、自分は司令官室にとって返す。

「それにしても、昨夜遅くの事件なのに、九空団はどうしてここまで把握できたんだ」

司令官室に戻ると、溝ノ口が西口に尋ねていた。

「江口士長は、下宿を一人で借りてたわけではなく、同僚と二人で一室を借りていました。帰りがあまりにも遅かったため、同僚が様子を見に行くと、ちょうど公園から連行されるところだったそうです。会話はできなかったそうですが、付近にいた野次馬に話を聞き、部隊に報告したとのことです」

「なるほど」

溝ノ口は肯《うなず》いただけだったが、馬橋は、ひと息吐《つ》いたような顔をしている。

「逮捕直後から状況把握に動けたのはラッキーだった。初動で出遅れると動きたくても動けなくなります」

「今回の件で、何か動きを取る必要がありますか？」

馬橋に尋ねたのは目黒だ。

「本当に必要かどうかはまだ分かりませんが、動いておいた方がいいと思います。詳しく話す前に法務官を待ちましょう」

馬橋が言ったちょうどその時、法務官の手《て》塚《づか》一佐が到着した。その後ろには、手塚分のお茶を持った村内が続いている。斑尾は、村内から盆ごとお茶を受け取り、ソファの端に掛けた手塚の前に置く。西口は、余分に持ってきていたらしい資料を手塚に渡した。

「馬橋さん、この件、なぜそこまで気にされているんですか？」

溝ノ口が尋ねると、馬橋は昔話を始めた。

「司令官に何年か遅れ、私も、沖縄配置になっていました。司令官が沖縄を出られた少し後のことになると思いますが、当時の南混団隷下《なんこんだんれいか》で、自衛官による未成年少女のレイプ事件が起きています。まだ沖縄米兵少女暴行事件の記憶もさめやらぬ頃《ころ》だったため、当時の防衛庁としても大慌てで対応しました。確か、防衛副長官が来沖《らいおき》して知事や関係者に謝罪して回ってました」

「ああ、覚えている。とんでもないことをしでかしてくれたなと思ったんだ。ただ、米兵の事件と違って、沖縄県外ではそれほど騒がれなかった」

思い返すように話した溝ノ口に対し、意外なことに馬橋は首を振った。溝ノ口は眉《まゆ》をひそめる。斑尾にも、なぜ馬橋が首を振るのか理解できなかった。溝ノ口の沖縄米兵少女暴行事件への思い入れは、馬橋も理解しているはずだった。

「実は、沖縄県内でも、それほど騒がれませんでした」

意外だった。レイプ事件であれば、沖縄米兵少女暴行事件と同じだ。米兵か、自衛官かの違いの他は、被害者の年齢などの差はあるにせよ、言葉で表わしてしまえば、それほどの差はない。事件後、大規模な抗議集会が起こった沖縄米兵少女暴行事件と同じような事態になってもおかしくないはずだった。

「当時の防衛庁が迅速に対応したことなども影響したとは思いますし、米軍の事件とは違い、地位協定にからむ裁判の問題がなかったことも大きかったはずです。しかし、米兵の事件で抗議活動の先鋒《せんぽう》を担った沖縄のマスコミも、起訴や送検、基地への申し入れ、それに南混団隷下での服務教育の実施など、事実関係を報じた他は、新聞にも少数の社説が載っただけだったと記憶しています」

馬橋の説明は、疑念を深めさせただけだった。目黒も怪訝《けげん》に思っているようだ。ただ、資料に目を落としていた手塚は、何やら沈痛な顔をしていた。

「法務官は、知っていますか？」

馬橋が尋ねると、手塚が肯いた。

「もう二十年も前の話なので、記録は残っていませんが、覚えています。私は沖縄にいなかったので、話を聞いただけですが、事実は、かなり違ったようですね」

「どういうことです？」

溝ノ口が尋ねると、手塚は、視線を落としたまま言った。

「レイプではなく、児童買春《かいしゅん》もしくは児童ポルノ事件だったようです。どういった理由かは分かりませんが、被害者の供述が、事実と違っていた可能性が高いようです。そもそも、その自衛官の身元が判明した理由は、携帯番号のメモを被害者に渡してあったからだそうです。別の事件で被害者から話を聞く中で、このメモから身元が割れたということでした。ですが、経緯がよく分かりませんが、レイプ事件として逮捕されてしまった」

斑尾の頭の中には、クエスチョンマークが浮かんでいた。レイプ犯が、被害者に自分の携帯番号を教えるだろうか。

「この自衛官が、被害者に写真を撮らせてくれと言って声をかけたのは間違いないようです。車に乗せ、海岸近くで写真を撮ったようですね。買春にまで及んでいたのかは、分かりません。また会うためにということで、携帯番号を教えたようです」

「それがどうしてレイプ事件になったんですか？　いや、もちろん買春でもポルノでも罪には間違いないですが、罪の重さはずいぶん違うはずだ」

溝ノ口の言葉に、答えたのは馬橋だった。

「認めてしまったからです」

斑尾は、思わず口から出かかった「え？」という声を飲み込んだ。馬橋の言葉を手塚が続ける。

「逮捕後、起訴もしくは勾留《こうりゅう》決定されるまでに三日間の猶予があります。この間は、家族であっても面会はできません。面会できるのは弁護士だけです。逮捕された本人が弁護士を呼んでもらうよう警察官に告げるか、家族が弁護士に依頼して面会に行ってもらわない限り、外部と接触はできないのです。この事件の時は、この間に、暴行したと認めてしまったようです」

「何故《なぜ》です？」

溝ノ口の問に、手塚は首を振った。

「詳細は分かりません。なにぶんかなり前のことですから、記録は残っていません。罪の確定後には、部隊でも聞き取り調査をしたはずですが、私もそこまで詳細に覚えていません。幕僚長はご存じですか？」

問われた馬橋も首を振る。

「私も、噂《うわさ》レベルで聞いただけです。職務範囲でもなかったですから、そうした書類を見ることのできる立場じゃありませんでした。ただ、噂は広まってました。携帯番号を教えていたなんて話は、新聞報道にも載っていたと思います」

手塚が肯いて後を引き取る。

「警察の強引な取り調べがあったのか、そそのかされたのか、その他の理由があったのか、そのあたりは分かりません」

「最終的には？」

「起訴され、有罪が確定していました。量刑は覚えておりませんが、懲役のはずです。ただし、執行猶予が付いていたかもしれません」

「だとすると、執行猶予が付いたとしても懲戒免だな」

裁判で確定する罪とは別に、自衛隊内での懲戒処分もある。斑尾は、懲戒処分についてはほとんど知らなかったが、溝ノ口の言葉を聞くと、裁判での量刑に連動しているようだ。

懲戒免職になったのだろう。

そんな事件があったことに驚かされたが、問題は、今回の傷害事件にどう関係してくるかだ。昔話を終えた馬橋は、話を引き戻した。

「MRでの報告で、仲裁に入った隊員が逮捕されたと聞き、危ういなと思ったのです。こう言ってはなんですが、自衛官の喧嘩などよくある話です。ですが、大抵は理不尽な因縁《いんねん》を付けられたとか、今回のようにトラブルの仲裁に入ったとかが多く、社会的に非難されるようなものは少ない。だから、警察沙汰《ざた》となってもせいぜい注意されるくらいで、逮捕されるなんてことは多くない」

確かにそうだ。自衛隊外で暴力を振るうようなことをすれば、マスコミを始めとして、大きな非難を受けることは分かっているし、そのための教育もしている。法律に照らした場合に微妙なことはあっても、正義に反するようなことは、そうそうしないものだ。

「この第二報を見ると、三人が一人を集団リンチしている状況に、助けに入ったようだ。たとえ相手に怪我をさせていたとしても、逮捕までされるのはどうかと思います。普通ならば、書類送検で在宅起訴でしょう。まだ細部の状況が分かりませんが、隊員が不当な扱いを受けようとしているのであれば、何らかの動きは必要だと思います」

馬橋の言葉に、溝ノ口も肯いた。斑尾にも納得できる話だったが、逮捕されている隊員に対して、何ができるのだろうと疑問も湧《わ》く。馬橋はどうするつもりなのだろうと考えていると、部屋の入り口に人影が現われた。

「入ります。九空団から続報です」

そう言って、西口のもとにやって来たのは、総務課の富野三曹《さんそう》だ。参加者分のコピーを持ってきたようだ。斑尾は立ち上がってペーパーを受け取る。それを溝ノ口から順に配った。

「良かった。家族と連絡が取れたようですね」

報告によると、昨夜のうちに逮捕の事実を知った部隊では、車器隊長が家族に連絡を取ろうとしたらしい。しかし、今朝までつかまらなかったそうだ。やっと連絡が取れたらしい。

「急いで弁護士を付けるように伝えた方がいいと思います。あと二日間は、本人と連絡を取る手段がありません」

手塚の言葉に、溝ノ口が応《こた》えた。

「九空団が伝えているかもしれないが、そうでなければ指導が必要だな」

「至急、確認し、必要ならば指導します」

西口が立ち上がると、溝ノ口は片手を上げ、直ぐに動きだそうとした西口を止めた。

「この件は集まって話した方がいいだろう。副官、続報があれば集めてくれ」

「了解しました。総務に続報が入り次第、このメンバーを集めます」

続報があれば、総務から知らせに来るはずだ。斑尾は、気をもんでいたが、わざわざ確認に行くことははばかられた。昼休みになり、さしたる用事がなくとも顔を出せる状況になると、堪《こら》えきれずに総務課に向かった。

＊

「課長、続報はまだですか？」

西口はパソコンでネットニュースを見ていた。殴打事件の件が報道されていないかチェックしていたようだ。昼休みには、情報収集用に置かれているテレビからもニュースが流れている。課業中は、テレビはつけてあっても音は絞ってある。

「まだだね。幕僚長や法務官の言ってた過去の事例を含めて、早く弁護士をつけてもらった方が良いとは伝えたんだけど、それまでは、さほどの危機感を持ってなかったみたいだ。助けに入ったとは言え、やり過ぎてしまっただけだろうと思ってたようだね。幕僚長の懸念が取り越し苦労で、本当にやり過ぎだったのなら、それでいいんだけど」

「そうですか。ご家族は、どうされているんですか？」

「両親は、神奈川《かながわ》県在住だ。今沖縄に来たところで会うこともできないし、神奈川の弁護士に沖縄まで来てもらうと、それだけでものすごい費用になるからどうしようかと考えていたみたい。九空団から、急いで弁護士を探した方がいいという話をしてもらったので、沖縄の弁護士を探すらしい。九空団でも探している。続報が入るとしたら、弁護士が決まって、面会の目途《めど》がついた時点じゃないかな」

「なるほど。分かりました」

司令官や幕僚長にわざわざ報告するほどの情報ではなかった。尋ねられたら報告すればいいだろう。

ため息を吐いた。斑尾は、早く弁護士が決まり、面会の目途がついてくれればいいのにと思う。副官という立場にいると、いろいろな情報が入ってくるものの、自分から動くことは難しい。もどかしい思いをさせられることが多いのだ。

「司令官は、なおさらなんだろうな」

斑尾は、廊下を歩きながら、独りごちた。

＊

その日の午後、斑尾は、イライラしながら続報を待った。もう、さすがに続報が入ってもいいタイミングだった。心配していた馬橋もなにも言わない。斑尾は、自分とは腹の据わり具合が違うのだと思い知らされた。

やっと続報が入ったのは十六時過ぎだった。九空団としても、続報を上げ、それに対する指導を課業時間内にもらえるように動いたのだろう。

斑尾は、急いで法務官を呼び、別件で報告に入ろうと副官室で待機していた幕僚をブロックした。申し訳ないが、出直してもらうしかない。そして、司令官室に報告に入っていた幕僚が部屋を出ると、馬橋と目黒に声をかけて司令官室に入ってもらう。

「司令官、殴打事件の件で続報が入りました。関係者に集まってもらっています」

斑尾が告げると、溝ノ口は立ち上がって執務机から応接セットに移動する。

「飲み物はお出ししますか？」

「いや、今はいい」

斑尾は、入り口に控えていた三和に首を振ってみせる。斑尾が肯けば、用意してもらえるように指示してあった。

斑尾以外はソファに座る。斑尾は、パイプ椅子を出して、西口の横に腰掛けた。

「九空団から紹介できる弁護士は見つからず、結局、ご家族は当番弁護士という制度を利用して、沖縄弁護士会から派遣される弁護士に面会をお願いしたそうです。その当番弁護士は、日中は忙しく、今日の二十一時頃に面会に行ってくれることになったとのことです。細部状況が判明するのは二十二時過ぎになると思われます」

斑尾が、当番弁護士というのは何だろうかと疑問に思っていると、同じ疑問を目黒が口にした。それには手塚が答える。

「当番弁護士というのは、各都道府県の弁護士会が実施している制度で、逮捕された本人、もしくは家族の依頼を受け、最初の一回は、無料で面会して相談に乗ってくれるという制度です。大抵の人にとっては、弁護士を呼ぶということは、ハードルが高いので、この制度が作られています」

「本人でも呼べるのか？」

　尋ねたのは溝ノ口だ。

「はい。警察も逮捕した段階で、この当番弁護士制度について、説明しなければならないことになっています。本人が、警察官に告げれば、警察から弁護士会に連絡することになっています」

「なるほど。それならば、面会結果待ちか」

　溝ノ口は、ほっとしたように呟《つぶや》いた。口には出さずとも、やはり気になっていたようだ。報告が二十二時過ぎになるのなら、その時点で報告してもらうか、明日の朝で良いのか決めておかなければならない。幸い、今日は夜の会合はなかった。場合によっては、斑尾が動く必要があるかもしれなかった。斑尾は、連絡態勢の話になるかと考えていたが、手塚の口からは、意外な質問が出された。

「当番弁護士の氏名は？」

　西口は、資料を見て答える。

「那覇市内にあるジャスティス法律事務所の赤嶺《あかみね》弁護士だそうです」

それを聞いた手塚が顔色を変えた。

「赤嶺建永《けんえい》？」

姓は、沖縄でよく聞くものだったが、名前は珍しい。手塚が知っている弁護士のようだ。

「〝有名〟な弁護士ですか？」

問いかけた馬橋の声色も硬かった。

「はい。沖縄では有名な反自衛隊弁護士です。国が被告になるような裁判で、よく原告側弁護士として出てきます」

斑尾の心臓が飛び跳ねた。それは、かなりまずい事態なのではないだろうか。

「至急ご家族に伝えて、変えてもらった方がいいですね。初回分も費用がかかるのは致し方ないですが、安易に『早く罪を認めた方が、刑が軽くなりますよ』なんて言われると、隊員に不利な供述調書が作られてしまうかもしれません」

弁護士は、自分の思想で弁護士姿勢を変えてはいけないはずだ。

「そんなことがありますか？」

斑尾の疑問を代弁したのは目黒だった。

「残念ながら、時折あるようです」

「沖縄ならではですか……」

「いえ。これに関しては全国的です。そもそも、弁護士、というか法曹の道に進むのは、反権力指向の強い方が多いので、ある意味で必然と言えるのかもしれません」

目の前が揺れたような気がした。そんなあってはならないことが、よくあることだという。

「例のレイプ事件の時も、そうだったという噂がありました。確かではないですが」

馬橋が呟くように言った。

「あの時は、逮捕日も調整されていたんじゃないかという話を聞きましたね」

斑尾自身が司法に詳しくないからなのだろう。手塚の言葉は今ひとつ分かりにくい。それは、目黒にとっても同じようだ。

「どういう意味ですか？」

「逮捕状は裁判所が発行しますが、発行されてすぐに逮捕するとは限りません。証拠を押さえやすそうな時に逮捕することが多いようですが、この時は、反自衛隊の方が当番弁護士についている日を狙《ねら》ったという話でした」

手塚の言葉は、さらに衝撃だった。もしそれが本当なら、警察や裁判所も、とても公正とは言えない。

「だが今回は偶然だ。それは間違いない。重要なのはスピード。過去のことを考えている余裕はないぞ」

溝ノ口は、思考を切り替えろと言いたいのか、ことさら大きな声で言った。

「弁護士を変えてもらうにしても、別の弁護士を紹介しないと、ご家族は困るはずだ。九空団に当てはないようだが、法務官もダメか?」

「弁護士に依頼するということがありませんから……」

自衛隊が訴えられた場合に、弁護士に依頼することはないらしい。考えてみれば当然だった。

「地元の方を頼るのはどうでしょう……」

斑尾は、会議中に他の幕僚を呼びに行くなど、急ぎの雑用対応でこの場にいるだけだ。口を出していい立場ではない。しかし、ことは急を要するようだ。恐らく、同じことを考えているいる者はいるはずだろう。それでも、部外を頼るというのは口に出しにくいようだった。あくまで提案です、という体《てい》で口をはさんだ。

「金城《きんじょう》さんに聞いてみるか」

溝ノ口の着任翌日に、強引にやってきた金城豊子《とよこ》女史のことだ。格の高い飲食店を経営していると、人脈は広くなる。弁護士の知り合いがいる可能性も高いだろう。

「名刺を持ってきます」

斑尾が腰を上げると、止められた。

「必要ない。番号は分かる」

そう言うと、溝ノ口は時計に目を向けた。この時間ならば、開店準備のために、店にいるだろう。

立ち上がった溝ノ口は、執務机に戻り電話をかけた。固唾《かたず》を呑《の》んで見守る。

「溝ノ口です。ご無沙汰《ぶさた》してます」

溝ノ口が執務机にいても、受話器からは金城女史の特徴的な声が響いてきた。溝ノ口も、耳から受話器を離している。放《ほう》っておくとマシンガントークを始める女史を制し、溝ノ口は、状況を説明した上で、信頼できる弁護士を紹介して欲しいと伝えた。

「五分後に電話してくれるそうだ」

受話器をおいた溝ノ口がソファに戻ってくる。西口は、先に九空団に状況を伝えますと言って席を立った。

「コーヒーを淹《い》れます」

斑尾も腰を上げた。ひとまず金城女史からの電話待ちになる。それに、緊張したせいで斑尾の喉《のど》も渇いていた。

村内に手伝ってもらい、コーヒーを淹れて戻ると、ちょうど金城女史から電話がかかって来ていたようだ。

「そうですか。ありがとうございます」

溝ノ口は、礼を言いながら、メモ用紙にボールペンを動かしていた。受話器を置き、ソファに戻ってくると、金城女史の言葉を語った。

「信頼できる弁護士を紹介してくれた。話も通してくれたそうだ。家族から依頼をもらえれば、直ぐに面会に行ってくれる」

そう言って、連絡先を記したメモ用紙を西口に渡す。

「では、当番弁護士の方をキャンセルして、こちらに依頼した方が良いと九空団から伝えてもらうようにします」

西口がそそくさと出て行くと、ほっとした表情の馬橋が口を開いた。

「これで、何もできないうちに、最悪の状況になるのだけは避けられそうですね」

「次は、弁護士からの情報待ち……ですね？」

溝ノ口の言葉は、確認だ。こうした問題には、あまり強くないようだ。

「はい。事件の細部が分からなければ、動きようがありません。ちゃんとした弁護士が付いてくれたので、示談交渉も進むと思います。そのあたりも含めて、報告をお願いしておくのが良いと思います」

手塚の言葉で、この日の打ち合わせはお開きとなった。

＊

翌日のＭＲでは、殴打事件について、紹介した弁護士が昨夜のうちに面会したことだけが報告された。内容は個人のプライバシーにも関《かか》わる。多くの幕僚が同席するＭＲで細部を話すような問題ではないからだろう。

ＭＲの終了後、関係者は、再び司令官室に集まった。

「こちらから紹介した比嘉《ひが》弁護士は、江口士長の家族から依頼を受け、昨夜二十三時過ぎに、豊見城警察署で面会してきたとのことです」

全員に配った九空団からの報告資料を見ながら、西口が報告する。

「江口士長から確認した事実関係で、注目しなければならないのは、公園でリンチを受けていた少年が、江口士長の知人だったということです。江口士長は、基地のサッカー部に所属していました。リンチを受けていた少年は、豊見城西高校のサッカー部に所属していました。何度か練習試合をする中で、顔見知りだったようです」

「それで、助けに入ったのか……」

「そのようです」

溝ノ口の呟きを西口が肯定する。それが、逮捕の背景だったというのは、斑尾にも容易に想像できた。

「ただ、リンチと言われていた状況も、江口士長が助けに入った状況も、昨日聞いていた話とは、かなり違うようです」

被害者の知念《ちねん》少年は、公園の土の上に正座したまま、二人の少年から殴る蹴《け》るの暴行を受けていたらしい。ただ、江口も冷静に思い返してみれば、それほど激しい暴行ではなかったと思うと話したそうだ。とは言え、座らせた無抵抗の者を二人がかりで殴る蹴るではリンチ以外に適切な言葉はないだろう。

その状況に止めに入った江口は、「ナイチャーはだまっとけぇ」と言われ、睨み合いになったそうだ。ナイチャーというのは、内地の人、つまり沖縄出身者であるウチナンチューではない人を表わす言葉だが、多分に差別的な意味合いを含んでいる。見下した表現というより、〝仲間ではない〟ことを匂《にお》わせた言葉である。口を出すなと言った少年は、知念少年と同じ高校に通う同級生で、名前は仲宗根《なかそね》という。彼は、自らは手を出すことなく、暴行を指示していた。

仲宗根少年は、不良グループから抜けようとしていた知念少年と話し合いをしているのだと言ったらしい。どうみてもリンチだったため、見過ごせないと言った江口は、仲宗根少年とタイマン、つまり一対一で喧嘩をすることになったそうだ。江口が勝てば、知念少年は解放してもらえることになっていたという。

江口は、関節技を使って取り押さえ、仲宗根少年を降参させるつもりだったが、関節を取るためのくずし技として打った当身技の掌底《しょうてい》が、カウンターぎみに顎《あご》に入ってしまったという。仲宗根少年は、その一発で脳震盪《のうしんとう》を起こしたらしい。失神して倒れているところに警察が到着した。しかも、顎の骨は折れていたと警察で聞かされたそうだ。

「確かに、リンチに割って入っただけとは言いかねる状況ではありますね」

馬橋の言葉に、沈黙が訪れる。そこに、意外なほど大きな溝ノ口の声が響いた。

「しかし、逮捕されるほどのことか？」

確かにそうだ。江口は、逃走しようとした訳でもない。警察の到着時に暴れた訳でもないらしい。

「そうですね。少々不公正だと思います。警察官が到着した時に、リンチしていた二人の少年が、江口士長が襲いかかってきたというようなことを言っていたらしいので、この二人の少年の証言のせいかもしれません」

資料を読んだ手塚が言った。

「これからどうなりますか？」

方向を切り替えたのは、それまで沈黙していた目黒だ。

「聴取には、事実だけを答え、事実と異なる方向に誘導されないようにと伝えたそうです。それから、しばらくの間は、調書の作成も、保留するように伝えたとのことでした。被害者と示談交渉を進めるためということもありますが、他の関係者の供述が怪しいので」

「他の関係者の供述は分かるのですか？」

「いえ、それについては分かりません。示談交渉の中で聞いて行くしかないそうです。リンチを受けていた知念少年からも話を聞くそうです」

弁護士が進めてくれる示談交渉を待つことになりそうだった。

「こちらでも、できることをした方がいいんじゃないか?」

溝ノ口の言葉に、西口が答える。

「九空団は、知念少年と仲宗根少年の見舞いに行くことを考えているそうです」

「誰が行く予定だ?」

目を細めたのは目黒だ。

「まだ未定です」

思うところがありそうな目黒に、手塚は、見舞いを勧めた。

「示談交渉を進めるためにも、見舞いに行くことは良いと思います。心証を良くすることは必要です」

「リンチを受けていた被害者はいいにせよ、隊員が殴った相手は、示談を進める上で、足下を見てくる可能性もある。団司令が行けば、自衛隊が謝罪してきたと見て、調子に乗らないとも限らない」

「ですが、誠意を示す上では、なるべく上の者が行った方がいい」

確かに、ゴネることで示談の条件を吊《つ》り上げようとする者もいる。その逆に「責任者を出せ」のように、訪問者の肩書きで溜飲《りゅういん》を下げる者もいる。見舞いに行くとしたら、誰が行くのかは重要だった。

斑尾は、見舞いの場面を想像してみた。相手は男子高校生。九空団司令にせよ車器隊長にせよオジサンだ。それは溝ノ口でも同じだ。率直に言って、見舞いに来られても嬉《うれ》しくはないだろう。

　どう判断されるにせよ、提案してみても良さそうだった。

「あの、私が行くのはどうでしょうか？」

　視線が集まる。一様に、意表を突かれた顔だった。

「司令官の名代《みょうだい》として行けば、司令官の名前を出せますし、相手は男子高校生ですから、団司令にしても、司令官にしても、あまり喜ばれない気がします。単純に喜ばれるということでは、九空団の副官付をしている矢内士長の方がいいでしょうけど、何を話すかも重要なので、私が行くのはどうかと思いました」

　皆の顔が思案気なものに変わる。

「なるほどな。悪くないかもしれないな。リンチを受けていた少年からも弁護士に話すのとは別の話が聞ける可能性もある」

　最初に口を開いたのは溝ノ口だった。

「そうですね。それに、謝罪ではなく、見舞いですからね。我々が行ったところで、嬉しくはないでしょう」

　馬橋が同意すると、西口が締めた。

「では副官を見舞いに行かせるという方向で、九空団と調整します」

見舞いに行くことは決まっても、すぐにという話にはならない。まず、弁護士に調整してもらう必要がある。弁護士の動きを妨げる結果になってはまずい。手塚が法的手続きを知っていても、弁護士の方針が同じとは限らないからだ。それに、調整は九空団がやってくれるにせよ、斑尾自身がやらなければならないこともある。まさか手ぶらで見舞いに行くことなんてできない。

＊

当然ながら、そんな事に使える予算はない。自衛隊の予算は、国民の血税だ。一応、会議費とか訓練演習費とか、柔軟に使えそうな予算項目を考えてみたものの、とても見舞い用のお見舞い代は出ない。

「自腹はきついなぁ」

大した額ではないものの、副官に就いていると、自腹を切る機会は多い。斑尾が、独りごちながら思案していると、村内から総務課長に相談してみたらと言われた。何とかなるとは限らないけれど、相談して損はない。さっそく総務課に向かった。

「相談があるんですが、よろしいでしょうか？」

西口が書類から目を上げる。

「見舞いの件なんですが、何か持って行く必要があると思います。お花とお菓子でいいかと思っていますが、使える予算はありませんか？」

「あ～、調整するから少し待ってて。九空団でカンパをやっているから、回してもらえるはずだ」

　自衛隊では、こうしたカンパが結構ある。ただし、カンパという名の強制徴収であることが多い。民間企業だったら見舞いの品の代金も経費で出るかもしれないが、自衛隊はお役所だ。九空団では、いろいろ必要になるかもということで、早速カンパをやっていたようだ。

「ありがとうございます。リンチの被害者と隊員が殴ってしまった相手の所に行くので、二人分合わせて八千円弱くらいだと思います」

「分かった。そのくらいは回してもらえるように調整するから、後で領収書を持ってきて」

　悩んでいたことがあっさりと解決し、斑尾は拍子抜けした。自分が知らないだけで、〝普通〟なことがまだまだあるのだろう。

「補給は解決、次は作戦か……」

　副官室に向いながら、斑尾は思考を巡らせた。お見舞いの品は、作戦を開始する前の物資集積だ。その準備が完了すれば、次はどう戦うかが問題となる。

　作戦の目的は、隊員に殴られた少年の心象を少しでもよくすること。しかし、どんな状況だったのか分からなければ、どうすれば心象が良くなるのかも分からない。弁護士が示談交渉に向かっているので、弁護士が聞いた情報を踏まえることはもちろんだったが、斑尾が、被害者の少年から状況を聞いてくることも役に立つはず。第一段作戦は、被害少年を見舞い、少しでも情報を得てくるという偵察作戦になる。

その被害少年は、基地のサッカー部が練習試合をしていた高校生だという。殴った江口士長が顔見知りだったのなら、他にも顔見知りの隊員はいるはずだ。斑尾は、副官室の手前で回れ右をして、再び総務課に向かった。

*

基地サッカー部のメンバーに話を聞いたところ、被害者の知念《ちねん》少年は、豊見城西高校の三年生で、足が速く、運動量も多いため、試合ではやっかいな相手だとして記憶されていた。江口士長とは右ウイングという同じポジションだそうだ。

しかし、たまに練習試合をする程度なので、それ以上は分からないという。話してくれた隊員は、最もよく知っているのが江口士長だろうと言っていた。それでも、大学に行き、サッカーを続けたいと話していたことを覚えている隊員もいた。

知念少年が入院していたのは、ランウェイ南の瀬長島《せながじま》に近い海沿いに建てられた友愛《ゆうあい》病院だった。西側に海も見え、離着陸する飛行機の音が響く以外は、快適そうな病院だった。

コロナの影響もあり、面会時間は限定されている。斑尾は、業務を終えると即座に着替え、そのまま病院に来ていた。

司令官の名代としての見舞いなので、服は学生時代に買った濃紺のパンツスーツだ。自衛官になってからは、一度も袖《そで》を通したことがない。デザインが古すぎるかもとも思ったが、制服慣れしたせいか、スーツも以前より似合っているように思えた。

病室は六人部屋だったが、感染防止のため、どのベッドもカーテンで仕切られ、部屋に足を踏み入れても顔の見える入院患者はいない。ベッドに付けられた名札で知念少年を探す。右奥にある窓際のベッドだった。差し込む夕日に、カーテンが赤く染まっていた。

「こんばんは、知念さん。入ってよろしいですか？」

カーテンの近くに寄っただけで、湿布の匂いが漂ってきた。斑尾が声をかけると、躊躇《ためら》いがちに「いいよ」と返答が聞こえる。カーテンをめくって中に入ると、腕も足も、そして頬《ほお》や額にも湿布を貼《は》り、ネット包帯で押さえた少年がいた。マスクも着けているため、着ている半袖半ズボンのパジャマ以外は真っ白で、ミイラ男のようにも見える。かなり痛々しい姿だが、元気そうだった。

そう認識して見ると、なるほどとも思えた。多数の打撲ということだったが、一部は顔にも腫《は》れがあるものの、湿布が貼られているのはほとんどが手足だ。胴体にはさほど怪我をしていないように見えた。言葉にすれば暴行を受けたということなのだろうが、加減をしながらいたぶられたというのが、正確な表現に思えた。

「私、自衛隊の斑尾といいます。南西航空方面隊司令官の名代、つまり代理としてお見舞いに来ました」

そう名乗ると、知念少年は、驚きに目を見開いた。

「シレイカン？」

「ええ、沖縄と奄美諸島周辺の空を担任する航空自衛隊のトップです」

「え〜、なんでそんな人がきたわけ？」

「事件のせいで、江口士長……じゃない江口さんが逮捕されたのは知っているでしょう？」

「昼に来た弁護士の先生から聞きました」

斑尾は、肯いて言葉を続ける。

「同じ自衛官として、彼を助けたいと思っています」

正確に言えば、不当な不利益を受けないようにしたいというところだが、そんな言い方では気持ちが伝わらない。

「だから、事件のことで、色々と聞かせて欲しいと思っているんです」

「でもさ、弁護士の人に話したんですけどね」

その言葉にも、斑尾は肯いて見せる。

「ええ。そのことも聞いてます。だから、追加で何か思い出したことがあれば聞かせて欲しいってお願いに来たというのが、ホントのところかな」

斑尾は、そう言って尋ねる。

「座っていい？」

ベッドサイドには、見舞客用の小さな椅子が置いてあった。

「あ、はい。そっちにかけて下さい」

張られた湿布のせいで見えないが、頬を赤らめているのが手に取るように分かった。斑尾は、椅子に腰掛けるとお見舞いの品をサイドテーブルの上に置く。匂いのせいで湿布が目に付いたが、点滴も受けていた。点滴バッグにマジックで書かれた薬剤名を見たところで、何の薬か分からない。たぶん消炎鎮痛剤とかだろう。打撲だけとは言え、これだけあちこち打撲していれば、熱も上がっているだろう。解熱剤も入っているかもしれなかった。

「こちらをどうぞ。お花は、このままで数日保《も》ちます。手がかからないものにしました。こっちはプリン。評判のケーキ屋さんの自家製。食べるのは支障ないんでしょ？」

両手とも、指先に怪我はしていなかった。

「ありがとうございます」

そう言って、知念少年は頭を下げた。それを見て、斑尾も頭を下げる。

「比嘉先生に、話をしてくれてありがとう。どんな状況だったのか、よく分からなくて困ってたんです」

知念少年が、弁護士の比嘉先生に状況を話してくれたことで、やっと事件の全容を把握することができていた。

事件当夜、仲宗根少年と二人のとりまきは、知念少年を呼び出していたそうだ。彼らは、もともと四人で遊び歩く不良グループだったらしい。しかし、進学のために受験勉強を始め、ぱったりと遊び歩かなくなった知念少年を、仲宗根少年が呼び出したという。やくざでも不良グループでも同じだ。足を洗おうとする者がいると、吊《つる》し上げ、組織を維持しようとする。

すっかりつるまなくなった知念少年を、仲宗根少年が糾弾し、とりまき二人が正座させた知念少年を殴ったり蹴ったりしていたそうだ。

そこに、江口士長が通りかかった。江口は、暴行を加えている二人を見て「何をしているんだ！」と止めに入ったそうだ。その時点では、まだ江口は殴られていたのが知念少年であることに気付いていなかった。

知念少年の方が、聞き覚えのある声に驚いたという。「江口さんね？」という呼び掛けに、江口も驚いていたという。「知念か⁉」と言い、知念の前に出て、二人からかばうように立ちはだかった。

そこで初めて仲宗根が「ナイチャーはだまっとけぇ」と言ったらしい。三人と江口が口論となるなかで、仲宗根は「知念はやりかえしてないさ」と言っていた。やましい思いがあるからで、こうしているのは納得していることだから、無関係の者は関わるなと言ったそうだ。

それでも、知り合いを見過ごせないと言った江口に対し、仲宗根は拳《こぶし》を握って前に出た。彼は、「なんで、見過ごせないなら手だすば？」と言って脅しをかけた。江口は二十歳《はたち》だ。年は彼らと大差ない。自衛隊で揉《も》まれ、教育を受けてはいても、それだけで自制心が身につくわけではない。筋の通らない売り言葉に買い言葉で、二人はタイマンを張ることになったという。

知念少年は、止めたそうだが、その時には、既に江口自身がヒートアップしていた。江口が口を出すことを止《や》めることと、仲宗根たちが知念に手を出すことを止めることを賭《か》け、二人はやり合うことになった。

ただ、勝負は一瞬で決まってしまったという。江口からの証言にあったとおり、江口の打った掌底が、出会い頭に仲宗根の顎に入ってしまい。仲宗根がダウンしたのだ。

そこに警察が到着した。知念を暴行していた二人も、仲宗根を置いて逃げることもできずに留《とど》まっていたらしい。

意識を取り戻した仲宗根も含め、パトカーに乗せられた。知念も、歩くことはできたため、一旦《いったん》豊見城署に連れて行かれたそうだ。

「弁護士の比嘉先生は、江口士長を弁護するために必要なことを聞かせてもらったと思うんだけど、他にも疑問があるのよ」

斑尾がそう言うと、知念は、怪訝そうな顔を見せた。

「仲宗根君たちに殴られていた時、知念君は、ただ殴られていただけだったんでしょ？どうしてなの？」

知念が殴られていた理由は、江口士長が逮捕される原因となった仲宗根少年とのタイマンとは関係がない。いざ裁判となれば情状が酌量されるかどうかで関係してくるのだろうが、今の時点で比嘉弁護士が重視していることではなかった。

法律家の比嘉弁護士にとってはそうなのだろう。しかし、斑尾は、仲宗根の心証を少しでも良くするために見舞いに行く予定だ。なぜ知念をリンチしたのか、そしてなぜ知念少年は、されるがままだったのか。それを知らなければ、斑尾も、〝ナイチャー〟であるという事実以上に、仲宗根少年と話ができるとは思えなかった。

「自分だけ、大学に行こうとしたから」

ぶっきらぼうに口にされた言葉は、意味が分からなかった。知念少年も仲宗根少年も、ともに高校三年生だという。大学に行くことがリンチされる理由になるとは思えない。

「仲宗根君だって、行けばいいでしょ。進学せずに、いっしょに何かをする約束でもしていたの？」

「ちがうさ。自分なんか、家が貧乏だから……」

頰には湿布が貼られ、頭にも包帯が巻かれている。彼の表情は、目から読み取るしかなかったが、恥ずかしがっていることは間違いなかった。言い淀《よど》んでいた理由は理解できた。斑尾には想像しにくかったが、進学を断念しなければならない貧困家庭は少なくない。実例に触れることはなかったものの、沖縄では他県よりも多いと聞いていた。

「そっか。ゴメンね。言いにくいことを聞いちゃって。でも、知念君は行けるようになったんだ。良かったね」

約束するようなことではない。進学したくてもできない者同士という仲間意識だったのだろう。単純に、「祝ってくれたら良かったのに」なんて声はかけられなかった。知念は、無言のまま唇を噛《か》んでいた。

「でも、どうして行けるようになったの？」

「スポーツ推薦受けることになったさ……」

「サッカーで？　スゴイじゃない。スポーツ推薦って、相当レベルが高くないとダメなんでしょ？」

「ちがうさ。いろいろあるわけよ。俺だったら、学費を払わんでいいだけさ。試験は受けんといけん」

私立の大学で、有望な学生を取る場合は、大学側で相当面倒を見てくれると聞いたことがあった。それはどうやら一部らしい。

「そっか。でも学費が理由で進学を諦《あきら》めていたなら、それだけでも大きいね」

知念は、肯いた。

「だから、ケンには言えなかったわけよ」

「ケンって……仲宗根君？」

再び肯いて言う。

「あいつ、頭よくてさ。一緒にバカやって授業もさぼったりしたけどさ、成績はいつもいいわけ。でもさ、頭がよくて推薦されても、学費払わんでもいい大学とかないから……」

無料の大学もあるのにとは思ったが、斑尾の知る学校は、普通の大学ではない。

「なるほどね。でも、それは知念君を殴っていい理由にはならないよ。キミも、殴られてやる必要はない。違う？」

「そうだけど……でもさ、進学は無理って言ってたから……」

負い目に感じているということなのだろう。純粋なんだな。斑尾は、そう思った。思い返してみれば、自分にも、そんな時期があったような気がする。すでに思い出であることが少しだけ悲しい。

知念少年が呼び出された理由は、急につるまなくなった知念少年から理由を聞き出すためだったらしい。理由は受験勉強だったが、彼はそれを言わなかった。無言を貫く知念少年に見下されているとでも思ったのだろう。言葉の追及に拳が加わった結果、リンチになったようだ。

状況を聞き出した斑尾は、最後に問いかけた。

「進学のことだけど、約束なんてしてないよね？」

斑尾は問いかける。

「え？」

知念少年は、何を聞かれたのか分からないといった目をしていた。別に難しいことは尋ねていない。

「『いっしょに進学をあきらめよう』って約束したの？」

彼は首を振った。当然だ。そんな馬鹿な約束をする者はいないだろう。

「でしょ。約束したわけじゃない、キミの方の事情が変わっただけ。この世は平等なんかじゃない。みんな、自分のできる範囲で、できるだけのことをする。ただそれだけ。キミはキミのできる範囲で、できることをやればいい」

彼は俯《うつむ》いていた。こんなことを言われても、直ぐさま納得できないことは分かっている。でも、言ってあげる人がいることは大切なはずだ。

「これってケンに話すんですか？」

「黙っていた方がいい？」

悩んでいるように見えた。斑尾は、彼の中で答えが出るのを、ただ立ち尽くしたまま待った。声をかけ、誘導してはいけないように思えた。

理由を話した方が、仲宗根少年も事情を飲み込めるだろう。彼らの感じた怒りが、疎外されたことへの正当な怒りではなく、妬《ねた》みにも似たものだったと知れば、そして、そんな妬みを感じさせないように、知念少年が慮《おもんぱか》っていたのだと知れば、仲宗根少年は、自分たちの行いを恥じてくれるかもしれなかった。

だから、斑尾は、仲宗根少年に告げたいと思っていた。しかし、それは知念少年が口を閉ざしていたものだ。彼の許可を得ずに話すことはしたくない。長い沈黙の末、彼は、小さな、だがはっきりとした口調で言った。

「話した方がいいさ」

「いいの？」

「うん。ずっと言わないわけにもいかないし、どうせ後から分かるさ」

同じ学校にいるのだ。分からないはずはなかった。

「そうね。でも、大丈夫。怒ったりすることはないと思うよ」

知念少年を見舞ったことで、事件の背景は確認できた。その後は、サッカーとスポーツ推薦の話を聞いているうちに、面会時間が終了になった。

斑尾は、礼を言って、知念少年のもとを辞した。

病院を出ると、沖縄の海の匂いがした。磯《いそ》の匂いとは違う、沖縄の海の匂いだ。駐車場に向かいながら、仲宗根少年を見舞う上での作戦を考える。

仲宗根少年にしても、知念少年と同じように、純粋さが抑えられなかったのかもしれない。彼自身は、手を出していなかったという。自分の身勝手さを自覚していたのかもしれない。もしそうだとしたら、江口士長の逮捕についても、理不尽さは理解してくれるかもしれない。少なくとも、感情はさておき、頭の中では理解できるはずだ。

この推論が正しければ、これは収穫だった。

「少し……羨《うらや》ましいな」

斑尾は、苦笑しながら呟いた。

＊

翌日の課業時間外、溝ノ口は会合があったが、斑尾は許可をもらって随行しなかった。仲宗根少年の見舞いを優先するためだ。場所は、知念少年が入院している友愛病院から一キロほど離れた豊見城中央医療センター。市役所のある通りに面して建てられた規模の大きな総合病院だ。

服装は昨日と同じ濃紺のパンツスーツ。こちらの病室は四人部屋だった。それぞれのベッドがカーテンで仕切られているのは同じだが、周りが市街地なので、窓の外は建物しか見えない。仲宗根少年のベッドは、部屋に入ってすぐ左だった。

「失礼します。仲宗根さん、連絡した斑尾です」

心証の改善が目的なので、事前に見舞いに訪れることを連絡してある。見舞いと伝えてあるものの、比嘉弁護士も訪れているので、示談交渉に関係した訪問だと予想しているかもしれない。

斑尾がカーテンの隙間から身を滑り込ませると、仲宗根少年は、ベッドにあぐらをかいていた。顎を被《おお》うように、頭の後ろを回り込ませて包帯が巻かれている。骨がずれてはいなかったため、手術は必要ないという話だったが、顎を大きく開けることも、食べ物を噛み砕くこともできないため、流動食しか食べられないと聞いていた。

「事前に連絡させて頂いたとおり、南西航空方面隊司令官の名代として参りました。副官の斑尾と申します。この度は、私どもの隊員が、ご迷惑をかけてしまい、誠に申し訳ありません」

斑尾は、そう言って、深々と頭を下げた。

怪我をさせたのは江口士長本人であって、自衛隊に法的な責任はない。しかし、社会通念上、ここは謝罪の言葉が必要だった。見舞いとして来ているとはいえ、頭も下げないのでは、常識の問題になってしまう。

斑尾が、頭をあげると、仲宗根はぺこりと頭を下げ、包帯に巻かれた顎を指さした。

「比嘉弁護士からも聞いています。お気遣いなく。何かお話頂けることがあれば、筆談で構いません」

顎を骨折したため、口を大きく開くことができないのだ。全く話せないわけではないそうだが、非常に聞き取りにくく、比嘉は、仲宗根少年本人とは筆談で話したと言っていた。

斑尾の言葉を聞いて、仲宗根は、もういちど軽く頭を下げた。

「こちらはお見舞いです。お花と……プリンやゼリーなら食べられると聞いていたので」

斑尾は、そう言ってサイドテーブルに置いた。知念少年のところに持っていったものと同じものだ。

仲宗根少年は、またぺこりと頭を下げた。ささいなことだが、ちゃんと挨拶《あいさつ》ができるというのは、大切なことだ。彼自身は知念少年に手をだしていなかったということと合わせても、思いの外、ちゃんとした少年なのかもしれない。

「実は、昨日知念君のお見舞いに行ってきました」

彼の目に、不安の影が微《かす》かに映った。心配しているのかもしれない。もちろん、彼自身が江口と同じように罪に問われる可能性も考えているだろう。だが、それだけではないように思えた。

「元気でしたよ。そこらじゅう包帯だらけだったし、湿布の匂いが凄《すご》かったけど、普通にしていました」

仲宗根少年の目に安堵《あんど》の色が浮かぶ。斑尾は、少し言葉をくずして問いかける。ここからは、司令官名代としての話ではない。

「知念君が、いっしょに遊ばなくなった理由を聞くために呼び出したんでしょ？」

途端に、彼の瞳《ひとみ》が翳《かげ》った。

「聞きましたよ。理由」

瞳に映った翳りは、不安げに揺らいでいる。知念少年が口を噤《つぐ》んでいた理由を告げられることが、怖いのかもしれない。もともと距離を取られていた上に、殴ったのだ。嫌われていても当然だと思うだろう。

「受験勉強のためなんだって」

今度は、驚きが浮かぶ。進学は無理だと思っていたはずだ。

「彼、サッカーがうまいでしょ。スポーツ推薦の話が来たんだって。学費は免除してもらえるらしい。でも、試験は受けなきゃいけないんだって」

事情を告げると、彼は眉間《みけん》に皺《しわ》を寄せた。疑念を宿した顔だ。知念少年が、それを黙っていた理由が分からないのかもしれない。

「貴方《あなた》も、進学したいと思っていても難しい状況なのよね。彼は、それが分かっているから、言い出せなかったみたい」

仲宗根少年は、視線を落とし、拳を握りしめていた。顎の骨を折っていなければ、歯噛みをしながら「ばかな」とでも吐き捨てていた可能性もありそうだ。そうだとすれば、知念少年は、躊躇う必要などなかったのだ。しかし、仲宗根少年の経済状況を話したことに怒っている可能性もある。

「彼のことを怒っているの？」

仲宗根少年は首を振った。やはり彼の怒りは自分自身に向いている。

「理由を知っていても、知念君を呼び出した？」

彼は再び首を振った。斑尾は、自然と自分の頬が緩むのを感じていた。

「そうね。勉強を頑張ってもらわないといけないものね」

仲宗根少年は、視線を落としたまま、ゆっくりと肯く。

二人の少年のすれ違いと、江口士長が仲宗根少年に怪我を負わせたことに直接の関係はない。だがしかし、知念少年を問い詰めていたこと自体が筋違いだったことが分かれば、そこに割って入ってきた江口に向かう怒りだって減るはずだ。

後は、弁護士の仕事だった。斑尾は、うなだれた仲宗根少年の頭を見ながら考える。成績は良いという。それに、自分の過ちに、これだけがっくりと頭を落とす少年なのだ。もったいなかった。

「知念君から聞いたんだけど」

そう言うと、仲宗根少年は、ゆっくりと顔を上げた。

「仲宗根君は、成績は悪くないのよね？」

彼の顔には「何を言い出すんだ？」と書いてあった。それでも、躊躇いがちに肯く。

「無料の大学を紹介しようか？」

斑尾は、彼が喜んでくれるかと思ったが、彼の目は、うさんくさいものを見るようなものになった。そんな顔をされると苦笑するしかなかった。

「一応、教えるだけなんだけど……自衛官になるための防衛大学も学費は無料です。それだけじゃなくて、多くはないけど給与も出ます」

防大が無料なことは、そこそこ知られてはいる。しかし、進路指導の先生が防大が無料であることを教えることはまずないし、選択肢にいれることさえ考えていない高校生が普通だ。反自衛隊感情が最も高い沖縄では、なおのことそうだった。

防大などの進学と就職がイコールとなる一部の大学を、選択肢の一つとして考えることは、その道を考えているのでない限り、普通はないはずだ。経済状況が厳しいなら、考えたことはあるかもしれないが、反自衛隊でなくとも、大多数の教師は止めるだろう。自衛隊への感情うんぬん以前に、就職とイコールとくれば、誰でも紹介はしにくい。知念少年は、驚いた顔をしていた。

「考えたことはなかった？」

彼は、こくりと肯いた。

「卒業すれば自衛隊に入ることになるから、進路として考える普通の大学とはちょっと違うよね。医者になりたければ防衛医科大学というのがあります。こっちも無料で給料がでるのは同じ。似たような進路としては、海上保安大学や気象大学もあるけど、他社《たしゃ》さんの方は良く知らないし、紹介するのは無理。防衛大学や防衛医科大学に興味があるなら、詳しく説明できる人が来てくれるように手を回します」

彼は、少し考えている様子だったが、やがて首を振った。

「やっぱり、自衛隊はないか……」

彼は再び首を振る。斑尾が、真意を測りかねていると彼はサイドテーブルに置いてあった小型のホワイトボードとペンを手に取った。何かを素早く書くと、ホワイトボードを掲げる。

「ムリ、ムダ？」

成績が足りないのだろうか。しかし、考えたことがなかったというのなら、防大のレベルも知らないだろう。それに、無駄と考えるのなら、別の理由のはずだ。

「もしかして、今回のこと？」

彼は、手にしたホワイトボードに視線を落としていた。首を振ることもない。たぶん、そうなのだろう。斑尾は、息をついて言った。

「自衛隊は、良くも悪くもお役所です。自衛官とトラブルになったことを気にしているのかもしれないけど、全然関係無いと思うよ。お役所だから。そういうところは、バカ正直じゃなくて、バカ公正。防大の採用担当も、こちらとは全然関係無いしね」

彼が首を振った懸念はレベルうんぬんとは別のことだろう。事件のことで資格が問題になると思ったのかもしれない。

「受験要項は見てないけど、たぶん受験資格は他の自衛官採用と同じだと思う。確か、懲役刑をくらっていなければＯＫのはず。君といっしょにいた二人が、知念君を殴ったことで、裁判……じゃなくて少年審判だったっけ、になるかもしれないけど、そこまでの事件じゃないだろうし、たぶん知念君も、君が罪に問われることは望んでない。江口士長とのことで、比嘉弁護士が進めている示談の話と同じように、知念君とのことも示談にした方がいいとは思うけど」

そう告げると、彼は眉間に皺を刻んだ。問題があるとは思えない。彼が何を悩んでいるのか分からなかった。

「どうしたの？」

斑尾が問いかけると、彼はホワイトボードに書き殴った。そこには、ただ『カネない』とだけ書かれていた。なるほど。斑尾は納得して破顔する。

「お金ならあるでしょ。江口士長とのことを示談にすればお金はもらえる。それで知念君とのことを示談にすればいい。比嘉弁護士……だと問題があるかもしれないけど、紹介してもらえばいいよ」

そう告げると、仲宗根少年は再び考え込んだ。ただ、思い悩んでいるという様子ではない。すぐに答えの出ることではないだろう。

「スマホは持っている？」

今日日《きょうび》、進学費用に苦しむ高校生でも携帯を持っていることは珍しくない。夜に遊び歩いていたならなおさらだ。

目をしばたたいている仲宗根少年に、斑尾は「お姉さんとメアドを交換しておかない？」ともちかけた。彼がサイドテーブルの下に置かれていたバッグからスマホを取り出すと、メールアドレスを交換する。会話が困難な仲宗根少年とのコミュニケーションは、正直メールの方が楽だろう。

「防衛大学のことを知りたかったり、弁護士さんを紹介して欲しければ、メールを送ってね。防大の受験要項は調べておきます。それと弁護士にも話してみます」

斑尾は、そう告げると、病室を後にした。条件についてては分からないが、示談の方向で進めさせてくれるだろう。ほっとひと息吐きながら、この後の仕事に思いを馳《は》せる。

「報告が大変だな。でも、その前に、〝ゆんた〟でゴハンにしよう！」

斑尾は、病院のエントランスを出ると、大きく伸びをしながら言った。

＊

翌日のＭＲ後、殴打事件対策会議メンバーは司令官室に集まった。斑尾は仲宗根少年を見舞った際の報告をペーパーにまとめて配布している。その他には、九空団から、比嘉弁護士からの示談交渉経過が報告されていた。江口士長の家族が、交渉については部隊にも知らせるようにと比嘉弁護士に言ってくれていた。

「弁護士が示談交渉していることもありますが、裁判所は江口士長の勾留を認めました。勾留の延長がなければこれから十日間、延長がされれば更に十日間は、留置場に留め置かれることになります」

西口は、そこで言葉を切った。ただ、続く言葉がありそうな雰囲気だ。しかも、それはあまり良い情報ではなさそうだった。

「その上、接見禁止が付いたそうです」

面会できない状態が続くということだろうか？

「どういう意味ですか？」

斑尾の疑問を溝ノ口が手塚に尋ねた。

「現状と変わらない状況が続くということです。我々はもちろん、家族も面会することはできません。江口士長と接触できるのは弁護士だけになります。弁護士を選任しているので、弁護士経由になりますが、コミュニケーションが取れるという点では問題ありません。ですが、良い状況ではないですね」

どうよくない状況なのか、手塚以外は測りかねていた。彼は、言葉を吟味しているのだろう。再び口を開き、ゆっくりと話し始めた。

「接見禁止は、被疑者が外部の証人と口裏を合わせたり、証拠の隠滅《いんめつ》を依頼しそうな場合に、これを防ぐために取る措置です。弁護士からの助言で、調書をまとめることを拒んでいることもあると思いますが、接見禁止まで付ける必要があるケースなのかは、はなはだ疑問です」

「警察や検察は、あくまで起訴するつもりということですね」

そう呟いたのは馬橋だった。

「はい。比嘉弁護士が江口士長に接見して確認したところによると、警察及び検察での聴取も、かなり厳しいようです。逮捕は、担当した刑事あたりの対自衛隊感情が良くなかった可能性もありますが、その後には仲宗根少年からの聴取もできているはずなので、すでにメンツの問題になってしまっている可能性もあるのではないかと、比嘉弁護士も言っているそうです」

「理由はなんなんだ？」

溝ノ口の言葉で、視線は手塚に集まる。他に答えられる者はいない。

「物証が問題になる事件ではありませんから、証言なのは間違いないでしょう。比嘉弁護士と副官が接触した被害者の仲宗根少年ではなさそうなので、知念少年をリンチしていた二人の少年が江口士長に不利な証言をしているのでしょう」

「その二人に接触して、確認することはできないのか？」

「止《や》めた方がいいと思います。仲宗根少年に対しては示談交渉することが可能ですが、他の二人は、純粋に証人です。比嘉弁護士でも避けると思います」

手塚に説得され、溝ノ口は押し黙った。それを見て、区切りがついたと判断したのか、西口が咳払《せきばら》いをして話題を変える。

「では、続いて示談交渉の経過について報告します。比嘉弁護士は、一昨日及び昨日と続け、被害者である仲宗根少年本人、およびその家族のもとを訪問し、示談交渉を進めたいと話して頂いています。現段階では、提案はしたものの、まだ具体的な折衝には入っていないということです。本人は、拒否する様子ではないものの、積極的でもないということでした。一方、ご家族については、問題ないだろうとのことです」

「示談にはできそうだな」

安堵の表情を浮かべた溝ノ口が、斑尾の方を向き直る。

「副官の方も、悪くなさそうだな」

「はい。仲宗根少年と知念少年のすれ違いがリンチの発端だったようですが、そのことを仲宗根少年に理解してもらいました。それによって、江口士長への感情も和らいだと思います。私が見舞いに行ったのは、比嘉弁護士よりも後でした。恐らく、次に接触して頂く時には、もう少し積極的になってくれると思います」

「それはいいが、防大受験を勧めたというのは、どういうことだ？」

難しい顔をしているのは目黒だった。

「知念少年を見舞った際に、仲宗根少年は成績が良く、進学を望みながらも経済的に難しいと聞いていました。いざ、本人に会ってみると、経済的な事情だけで進学を諦めているのだとしたら、もったいないなと思いましたので、防大という選択肢もあるという紹介をしただけです。ただ、もし彼がその気になるのなら、江口士長との示談にも積極的になってくれると思います。事件があったことで、防大に入ることは難しいと考えていたようでした」

「なるほど。そういうことならば、いいだろう」

斑尾は、目黒に答えながら、示談への影響も報告した。仲宗根少年からメールが来ることも、少しだけ期待している。そうなれば、追加報告も必要だろう。

「現状は、比嘉弁護士の示談交渉待ちということかな？」

溝ノ口は、こちらのアクションについて確認する。答えたのは手塚だ。

「はい。それ以外には、大きな動きはないと思います」

「メンツの問題になっている可能性もあるのでしたら、何かこちらからアクションはできないでしょうか？」

そう口にしたのは、この件に気付いた馬橋だ。

「豊見城警察の署長や那覇地検の検事正にも着任後に挨拶はした。しかし、警察や司法にアクセスするのはマズイだろう。それに、彼らはキャリアだ。個別の事件に直接関わってもいないし、沖縄の人間でもない」

「いえ、そうしたことを考えている訳ではありません。ただ、何かできないかと思うのです」

「何かと言っても司法の話ですからね。手塚さん、何かありますか？」

溝ノ口に話を振られた手塚は首を振った。

「法的手続きに関しては何もありません。ただ……メンツの話になってしまっているのなら、世論を味方にすることで、多少なりとも影響は与えられるかもしれません。裁判官のあるべき姿は、世論や報道に左右されず、自由心証主義により判決を言い渡すものだとされていますが、実際には世論の影響を相当に受けます。裁判官の判断がそうなるのですから、検察官もそれを読んで動きます。今回の件は、不起訴か起訴猶予になることがこちらとしての勝利ですが、起訴され有罪となることが理不尽だとする世論が大きくなれば、検察官の判断もそちらに動きやすくなります。もちろん、比嘉弁護士が示談をまとめてくれることが大前提ですが」

「報道の状況はどうだ？」

溝ノ口が西口に問いかける。

「警察発表に基づいた報道はされていますが、大きな扱いにはなっていません。報道も、話題にするつもりなら裏取りをしたでしょう。リンチを止めに入ったという状況は把握できたと思います。批判的な論調を張るのは避けた方が良いと考えたかもしれません」

「かといって、こちらの報道機関に、自衛官の犯罪を擁護することは期待できないだろう。全国メディアが取り上げるほどのネタでもないはずだ」

悲しい事実を断じたのは目黒だ。

「P《パパ》－3《スリー》の時のように、ネットメディアはダメか？」

溝ノ口の言葉で、視線は西口に向かったが、その顔には焦りが浮かんでいた。それほど詳しくないのだ。それを見届けたのか、視線が斑尾に集まってきた。ネットの話題となると、年齢的に一番期待されているのだろう。

「SNSに期待するのはどうでしょう。知念少年から発信してもらうのは悪くないと思います。それが、検察官や裁判官の目に届くかどうかという問題はありますが、リンチ事件の被害者をかばった者が逮捕されているという状況は、普通の感覚では、理不尽に見えるはずです」

「悪くないでしょう。デメリットもありません」

後押ししてくれたのは手塚だ。

「それなら、また副官に話をしてもらうか」

言い出したのは斑尾だったし、知念少年に接触しているのも斑尾だ。溝ノ口に言われるまでもなく、斑尾が話に行くつもりだった。

「分かりました。今日の夕方に行こうと思います」

斑尾は、そう言って溝ノ口を見た。今日も随行が必要な会同がある。勝連《かつれん》半島にある沖縄基地隊司令が、那覇の海自五空群を訪れていて、その席に呼ばれている。

「部内の会同だ。副官がいなくても問題ない」

「では、再度知念少年を見舞って、お願いしてきます」

＊

車外に出ると、那覇よりも濃い海の香りが鼻腔《びこう》をくすぐる。海を渡って来た風は、太陽が沈んだこの時間には、さほど暑くはない。すぐに病院のエントランスに駆け込めば、汗ばむほどではなかった。

自衛隊に身を置いていると、しっかりとした私服を着なければならない機会は少ない。一昨日にも訪れたばかりなので、何を着るか迷った。スーツは、一着しか持っていない。悩んだ末に、白のブラウスとクリーム色のスラックスを選択した。スーツほどではないもの の、見舞い用としては無難な服装のはずだ。

「こんばんは、斑尾です。入ってよろしいですか？」

ベッドを囲むカーテンの外で声をかけ、返答を待って内側に入る。まだ湿布が貼られていたが、一昨日よりも少なくなっている。点滴も、もうされていない。

「良くなってきたみたいですね」

「はい。明日退院する予定です」

湿布や包帯がない部分は、あちこち内出血で紫色になっているものの、もう痛みはさほど感じないということだった。

前回はプリンを持ってきたので、今日は夕張メロンゼリーを持ってきた。購入したのではなく、司令官へのお土産《みやげ》として、千歳《ちとせ》基地にある二空団の関係者からもらったものだ。数は必要ないので、三個を簡単にラッピングしている。こうしたお菓子に事欠かないのは、副官の役得の一つだった。

「昨日、ケンからライムが来たわけ」

斑尾が本題に入ろうと機をうかがっていると、知念少年が言った。斑尾が仲宗根少年の見舞いを終えた後だろう。

「何て？」

「ごめんって言ってたよ。エッシとトオルが殴ったこともだけどさ、誤解してごめんって言ってたよ。でも、お前も言わんのが悪いば～よって言われたさ」

そう言った知念少年は、はにかんだように笑っていた。斑尾が「良かったね」と言うと、こくりと肯く。

「受験頑張れよって言ってたさ」

「そうそう。頑張らないと！」

斑尾が拳を握って応援すると、知念少年は急に表情を硬くした。

「あとさ、斑尾副官さんが江口さんのことで来たみたいね。一昨日は事件のことを聞きたいって言ってたけど、江口さん、大丈夫かねぇ？」

「まだ、逮捕されたまま。ちょうど良かった。実は、お願いがあって来たんです。手を貸してくれる？」

「できるならやりたいんですけど、僕にできることってあるんですかね？」

斑尾は、分かり易いように説明を加えながら、江口が置かれた状況を話した。そして、助けが欲しいと告げる。

「SNS、何でも構わない。普段使っているアカウントが使いにくかったら、別のアカウントを作ってでも構わないから、今回のことを拡散させて欲しいの。助けに入ったはずなのに、逮捕されてしまっているって。もちろん江口さんも悪いんだけど、逮捕されるほど悪くないって広めてくれないかな？」

斑尾がお願いすると、知念少年は、しばらく考え込んでいた。

「これ撮ったらいいですかね？」

そう言って両手を広げる。湿布や包帯、それに多数の青あざを写真に撮りアップしようというのだ。斑尾も、それがベストだと思っていた。しかし、そこまでお願いするのは気が引けていた。知念少年が、自分からやってくれるというのなら、これ以上は望むべくもない。

「いいの？　写真なんか載せて……」

「バズらせるなら、写真は必要だと思います」

「確かにそうね」

写真のインパクトは大きい。それに、まず目を引くためにも、写真の有無は大きな差だった。知念少年は、サイドテーブルに置いてあったスマホを手に取ると、充電用ケーブルを引き抜いた。

「写真撮ってもらってもいいですか？」

カメラアプリを起動して手渡された。斑尾は光線の加減をチェックして、カーテンを少し開ける。ＬＥＤ照明の光を直接取り入れたかった。光が足りないというより、淡いピンク色のカーテンのせいで、実際以上に血色良く見えていたからだ。

写真の撮り方も、副官になってから覚えたスキルの一つだ。視察など行事では、広報担当者や基地の写真班、時には単なる趣味ながらプロ並みの写真技術を持つ隊員が撮影する。しかし、そうした撮影要員が行くことのない部外の会合などでは、副官が撮影要員を兼ねなければならない。F値、被写界深度、シャッタースピードなど、撮影に必要な基本技術は自分で勉強したし、集合写真での並び方の指示方法やカメラ位置など、実際の場面で必要になる技術については、渉外広報班長の水畑《みずはた》一尉に教えてもらった。

実を言うと、溝ノ口に教えてもらったこともある。パイロットは、対領空侵犯措置の際に、対象機を撮影しなければならない。それに、強い地震が起こった際にも、対領空侵犯措置のために待機しているアラート機が急遽《きゅうきょ》発進することになっている。専用の偵察装備はなくとも、対領侵での撮影用に積まれている一眼レフで被害状況を撮影することもあるため、基本的な写真技術は必須《ひっす》だそうだ。

「顔は、撮らない方がいいよね？」

「消せるけど、めんどい」

斑尾は、怪我の状況がよく見えるようなポーズを取ってもらい、首から下だけの写真を何枚か撮影した。

「これなんて書いたらいいね？」

知念少年が、書き方のアドバイスを求めているのは何となく分かった。

「自分の言葉がいいと思うよ。思うがままの方が、結局よく伝わると思う」

斑尾は、頭のどこかで、自分自身にも当てはまる話だなと考えながら言葉にした。彼が悩んでいたので、投稿予定のアカウントを教えてもらい、病院を後にする。どのくらい広まってくれるかが鍵《かぎ》だ。写真はインパクトがあるはずだった。

＊

特借宿舎《とつかり》の駐車場に車を止め、そのまま〝ゆんた〟で夕食を取ってから部屋に戻った。パソコン用の椅子に座り、スマホを確認する。

「アップしてくれたかな？」

知念少年のSNSへのアップを期待してスマホを確認すると、メールが届いていた。仲宗根少年からだった。直ぐさまメールを開くと、弁護士から言われていた示談にOKを出すつもりでいること、防衛大学のことで詳しく教えてくれる人を紹介して欲しいと書いてあった。照れ隠しなのか、理由は江口士長を訓練でぶっ飛ばせるからだと書いてある。しかし、不安だとも書いてあった。やはり、事件のことが不安らしい。知念少年への暴行について、警察から聴取をされているそうだ。

斑尾は、頬が緩んでしまっていることを自覚しつつ、さっそく返信メールを書いた。示談に応じてくれることに礼を言い、防大に関しては地本《ちほん》の人に病院に行ってもらえるように伝えると書いた。まだ退院は先のようだったし、要項をチェックしたところ、受験するならば、時期的に願書の提出を急ぐ必要があったからだ。知念少年への暴行についても、心配しないようにと書いた。示談にした方が良いにせよ、仲宗根少年自身が未成年だし、知念少年自身が、罪を問うことを望んでいないだろう。ただ、比嘉弁護士が、仲宗根少年と知念少年の示談交渉に絡むのは良くないようだ。仲宗根少年は、江口士長が殴った事件については交渉相手だ。比嘉弁護士が仲宗根少年の弁護人になることで、一方の依頼人である江口士長が弁護士を信頼しにくくなることは望ましくない。しかし、他の弁護士を紹介してもらうことはできるはずだった。このことも報告して、動いてもらわなければならない。

仲宗根少年からは、すぐさま返信があった。ただ『ありがとう』とだけ書かれていた。知念少年もアップしてくれていた。一行目に、しっかりと〝拡散希望〟と書かれている。写真は、斑尾が撮ったミイラ人間状態のものだ。こんな怪我をした三対一の喧嘩から助けてくれた人が、一人を殴っただけなのに、怪我をさせてしまったせいで、逆に逮捕されてしまったと書かれていた。まだアップされたばかりで、彼の友人数人が拡散してくれているだけだ。

「また報告ペーパーを作らないとダメか」

知念少年のSNSのことだけでなく、仲宗根少年のことも報告しなければならない。口から漏れたのはぼやきだ。それでも、自然と笑みがこぼれる。仲宗根少年が示談に応じてくれれば、江口の状況は、相当に改善されることになる。敵戦力は、大幅に減少したと言ってよい。知念少年の側面援護があれば、前線で戦う比嘉弁護士は戦いやすくなるだろう。

やっと光明が見えてきた。月曜から木曜の今日まで、今週は精神的にきつかった。自分たちでなんとかできない問題というのは、こうもきついものだと思い知らされた。階級が上に行くほど、こうした問題は増えるのだろう。

斑尾は、自分の頬を叩《たた》いた。明日は金曜だ。ここのところ定例になっている殴打事件対策会議も、週末に向け長引く可能性もある。報告は簡潔にまとめておかなければならなかった。

＊

週が明け月曜になった。事件の一報が入ってから、ちょうど一週間が経過したことになる。ＭＲでは、金曜と週末の間の大きな状況変化だけが報告された。細部は、これから行われる殴打事件対策会議で検討されることになる。

「何にせよ、示談が成立したのは良かった」

一番に口を開いたのは、この件を一番気にしていた馬橋だ。

「警察や検察に変化は出てきているのか？」

示談はゴールではない。ラストパスが通ったという状況だ。溝ノ口は、ゴールキーパーを躱《かわ》せそうかを問いかけていた。

「比嘉弁護士は、昨日も面会してきたそうです。それによると警察官による取り調べの雰囲気は、少し変わったそうです。土曜に示談が成立しているので、その影響なのは間違いないでしょう。検察官による取り調べの雰囲気も変われば、起訴猶予になる可能性が高くなります」

手塚の見立てで、緩みかけた会議の空気が、再び張り詰めた。

「副官が暗躍した結果はどうだ？」

斑尾は、溝ノ口の冗談めいた言い回しに、思わず目を細めてしまった。どうしても報告する声が低くなってしまう。

「知念少年のSNSでの訴えは、かなり拡散されネット上では話題になっています。ですが、マスコミが取り上げるまでには至っていません」

「これ以上、何かできることはありそうか？」

「今のところは思い付きません。あえて希望的観測を口にするとしたら、ではありますが、仲宗根少年がこのSNSに賛意を示してくれることでしょうか。ですが、さすがに難しいと考えています」

「だろうな。それを依頼するのは逆効果か？」

「本人と話した感触からすれば、やってくれるかもしれないとは思います。ですが、心情的にマイナスなのは間違いないと思います」

「ならば、やめておいた方がいいな」

斑尾は、溝ノ口の言葉に肯き、言い添えた。

「ただ、彼が自発的にやってくれることを期待して、環境を整えることは行いました。彼は紹介した防大の受験を考えていて、金曜に地本の方に資料を持って紹介に行って頂きました。受験に際して、江口士長とのことがマイナスになるのではと考えていたようなので、実際に防大を受験する意思を固めてくれれば、知念少年のＳＮＳに乗ってくれる可能性もあると思います」

「意外と策士だな」

ここ最近、溝ノ口は、口が悪くなってきたように思えた。

「高級幹部になっても、権謀術数《けんぼうじゅつすう》を巡らせて、政治家や内局と渡り合ってゆけるかもしれませんね」

目黒も酷《ひど》いことを言ってくれる。断固として反対したいところだが、冗談半分なのは分かっている。斑尾は、二人を見る目を細めただけで、関連要素を確認する。

「関連する話になりますが、知念少年への暴行については、どうなったでしょうか」

比嘉弁護士とのやりとりをしている九空団の情報は、西口が把握していた。

「やはり、江口士長の弁護をしながら、仲宗根少年の弁護、知念少年との示談交渉をするのは好ましくないということで、仲宗根少年には別の弁護士を紹介し、弁護士の間で話をしてもらう方向で調整中とのことです。比嘉弁護士の知り合いということなので、こちらは任せておけば問題ないかと思います」

嬉しい情報だった。

「仲宗根少年にとって、知念少年との件は、防大受験の不安材料でした。この件が丸く収まれば、防大受験の可能性も高くなると思います。成績も悪くないようでしたので、優秀な学生を得られることになります」

「一挙両得か」

溝ノ口は、感心したような、それでいて、あきれたような顔をしていた。

「そんなにうまく行くとは限りませんが、確かに、悪い話ではないですね」

馬橋も賛同してくれたことで、方針は決まった。

「手塚さん、今後の展望は？」

溝ノ口の問いかけに、手塚は姿勢を正した。

「勾留期限は十日間です。決定が水曜でしたので、次の土曜が期限になります。延長も可能ですが、示談が成立したので、期限前、つまり今週中に起訴猶予、あるいは嫌疑不十分により不起訴となる可能性が高いと思います」

「一応確認だが、起訴猶予と不起訴で、何がどう違う？」

溝ノ口は、手塚に問いかける。斑尾も知りたいことだった。

「起訴猶予は、示談などの諸事情を考慮して決定されるもので、犯罪はあったが罪に問うほどではないと判断された場合に下される措置です。これも不起訴の一つですが、十分な嫌疑があるものの、事情を考慮し起訴しないというのが起訴猶予です。嫌疑不十分による不起訴は、言葉通り、十分な証拠が集まらず起訴に至れなかったというものです。この件については、殴ったこと自体は事実なので、恐らく起訴猶予でしょう」

「そうか。では、本件は特異事象が発生しない限り、決定が出るまでスタンバイだ」

溝ノ口が、そう宣言したことで、この日の打ち合わせは終了となった。まだ予断は許されないものの、何とかなりそうと言える状況になった。

＊

前回の殴打事件対策会議が行われてからちょうど一週間後、月曜のMRにおいて、江口士長の件が報告された。

「週末の土曜日、江口士長の起訴猶予が決定され、すでに釈放されております。起訴猶予となったため、前科が付くこともなく、司法上での処罰はなにもありません。今後は、九空団において、懲戒処分の検討がされる予定です」

この件では、やっと一安心できた。自衛官だからという理由で、隊員が司法上の不利益を被らなければ、それで良いのだ。懲戒処分は仕方がない。経緯は酌量できるとは言え、実際に殴ってしまっている。それによって、大きな騒ぎになっている。マスコミは、派手に報じることこそなかったものの、反自衛隊の政治家などは、宣伝に活用していた。

部内での処分については、先週の段階で、懲戒権者は、九空団司令だと聞いていた。後は団司令の仕事だ。特異事象が出てこない限り、南西航空方面隊司令官の溝ノ口に仕事はないはずだった。しかし、あれだけ気をかけ、会議を行ってきた。確認は必要だろう。

MRが終わり、VIPが退席すると、斑尾は、立ち上がろうとしている手塚のもとに駆け寄った。

「法務官、例の会議を開いて報告するべきことはありますか？」

「いや。起訴猶予だから、前科が付くわけでもない。必要はないと思っている。司令官から聞いてくるように言われたか？」

「いえ。MRでは出すことが不適切な情報があるのか確認したかっただけです」

法務上は、会議メンバーを集める必要はなさそうだった。西口にも確認しようと思ったが、彼はすでに会議室を出ていた。総務課に向かって急ぎ、途中の廊下で追い着いた。

「総務課長、例の会議は必要ですか？　法務官は、必要ないとおっしゃっています」

斑尾は、ただの確認のつもりで問いかけた。西口も不要だと言うと考えていたからだ。

即座に答えが返ってくると思っていたが、彼は少し考え込んだ。

「会議は必要ないけど、報告がある」

「何があるんでしょうか？」

「江口士長は、退職したいと言っているそうだ」

予想をしなかった訳ではない。責任をとって辞める、迷惑をかけたから辞めるというのは、民間でも普通にあることだ。自衛隊ではなおさら。書類上は、自主的な退職とされているものでも、実際には退職させられているケースも多い。しかし、街で喧嘩をしただけで退職させられていたら、自衛隊の充足はもっと危機に貧している。現役の上級空曹でも、退職していたはずの隊員など山ほどいるだろう。

江口士長の場合、警察沙汰、マスコミ沙汰となったことを気にしているのだろうが、起訴猶予となったのであれば、警察でおしかりを受けただけで解放された者と変わりはない。自衛隊は、良くも悪くもお役所なのだ。

「分かりました。いつ頃報告に入りますか？」

この件を気にしていた馬橋や溝ノ口が、どのように判断して指導するかは分からない。斑尾の仕事は、動きを命じられた時のために、覚悟をしておくことだった。

＊

西口は、直ぐに報告にやってきた。他に重要な報告があると聞いてもいなかったので、西口が入った幕僚長室だけでなく、司令官室と副司令官室の表示ランプも入室不可にしておいた。

西口は、五分ほどで幕僚長室を出ると副司令官室に入り、同じようなタイミングで司令官室に移動した。司令官室では、もう少し長く報告していたが、途中で呼び出されることもなかった。斑尾は、副官室前まで戻って来た西口に声をかける。

「どうでしたか？」

西口は、首を振った。

「特にご指導はないよ。隊員としてふさわしくない者が、懲戒を受けても隊に居残ろうとしているなら、司令官も指導するかもしれない。けど、今回は逆だからね。特に問題がない普通の隊員が退職を希望しているのと同じだ。指導するとしたら編制部隊長以下が行うべきことで、司令官が口を出すべき話ではない、というのがお三方の見解だ」

編制部隊というのは、部隊のレベルを表す言葉で、南西航空方面隊では、九空団や南警団などが該当する。将補や一佐が指揮を執るレベルの部隊だ。

「確かにそうかもしれませんが……司令官や幕僚長が、あれだけ気にかけられたのに、何だか釈然としませんね」

「それは、私も同じだし、お三方も同じだろう。ただ、それを言ってしまったら、九空団司令の裁量に任すべきところまで口を出すことになる」

「そうですね……」

部下の裁量を奪う行為は、厳に慎むべきものとされている。陸海空三自衛隊の中でも、空自では特にそうだ。現場の判断を尊重する空気が強い。空での戦闘では、状況があっという間に変化し、上級指揮官が全体を把握し、適切な指揮を執ることが難しいからだ。

「それに、江口士長自身の気持ちがどうなのか、私らには分からないだろ。彼がどんな人間で、何をどう考えるのか。彼個人の問題なんだから。これに口を出せるとしたら、彼に近い位置にいる者じゃないと。普通は直接接することができる指揮官、この場合は車器隊長に任せるしかないよ」

納得できない心情が顔に出ていたのか、西口に諭された。

「分かりました」

分かってはいない。納得できていなかったが、副官というポジションにいる斑尾に、できることはなかった。

＊

「お疲れ様でした」

守本がハンドルを握る黒のフーガが基地の正門を通過すると、斑尾は、後席に軽く視線を向けて言った。難題があったということではなく、今日も一日ご苦労様とでもいうべき意味の「お疲れ様でした」だ。やはり、基地内にいると気を張って過ごさなければならない。ゲートを出ることで、やっとひと息吐けるのだ。

「私よりも、副官の方が疲れてないか？」

「え、そうでしょうか？」

今日はトラブルもなかった。江口士長の件に決着が着き、気を回さなければならない問題はなくなっている。疲れたという自覚はなかった。

顔色が悪くなっているのか、はたまた化粧スキルの低さからそう見えてしまっているのかもしれない。鏡まで持ち歩いていなかったが、司令官車の車内にはある。もちろん、バックミラーは使わない。運転の邪魔になってしまう。

斑尾は、グローブボックスを開け、通常の送迎では装着していない助手席用サイドミラーを取り出した。那覇市の外に出る場合など、助手席に座る斑尾も後方確認したいケースで使用する。パトカーや政治家を乗せたSPの車両などに付けられているものと同じだった。サイドミラー用なので、色の再現性は良くないが、表情は見える。ことさら疲れた印象を与える顔ではないはずだった。

「それほど酷くないと思うのですが……」

「顔を見て言ったのではないぞ。まあ、顔と言えば顔なんだが、表情だろうな。江口士長の退職希望が気になっているのか？」

「気になっているというか、司令官や幕僚長が、あれだけ動かれたのに、結局退職してしまうのでしたら、なんだかこう、やるせないんです」

斑尾が軽く後部座席を振り向きながら言うと、溝ノ口は腕組みをして視線を伏せた。何と答えるべきか、思案しているようだ。ようやっと開かれた口からは、普段より低い声が漏れる。

「幕僚長は、また違うかもしれないが、俺は、この件にそれほど思い入れを持っていた訳じゃない。もちろん、隊員が、隊員であることを理由に理不尽な扱いを受けるのであれば、何とかしなければならないと思っている。だが、むしろ俺がこの件で動いたのは、怖かったからだ」

「怖かった……ですか。何が怖かったのでしょうか？」

溝ノ口は、眉根を寄せていた。難しい話なのか、悩んでいるようだ。

「副官、指揮官職は小隊長だけだったな？」

「はい。前職の指運隊で小隊長でした」

「小隊長なら、部下全員の顔だけでなく、その人となりも分かるだろう」

小隊は多くとも数十人だ。日常的に顔も合わせる。

視線を上げた溝ノ口と目が合った。斑尾の心中を見抜こうとする目だった。

「編単隊長までならば、何とか顔と名前を一致させ、大まかな人物像が分かる」

編単隊は、編制単位部隊の略で、いわゆる何とか隊と呼ばれる隊のことだ。斑尾のいた高射部隊なら、指運隊や高射隊、飛行部隊なら飛行隊や整備隊などだ。部隊員は、百数十人になる。

「だが、編制部隊となると、とてもじゃないが無理。編合部隊では、なおさらだ」

編制部隊は、機能別で編制された、ある程度大きな部隊。南西航空方面隊では、九空団や南警団などが編制部隊だ。そして、編合部隊は、それらを束ねたもの。南西航空方面隊は、編合部隊だ。那覇基地の隊員は多すぎて、とても全《すべ》てを知ることなどできないし、離島である宮古島や奄美大島の部隊では遠すぎて難しい。

溝ノ口は、そこで言葉を切った。ここまでが前置きだと分かる。

「そしてこれは、逆でも同じだ。曹士隊員にとって、編単隊長までならば、どんな人物なのか、直接見知ることができる。編制部隊長となると顔と名前を知っているのがやっとだろう」

庁舎の入り口などには、直属の指揮官の顔写真が掲げられている。顔と名前を覚えさせるためだ。

「ところが、彼らは上のやることをよく見ている。副官にも分かるだろう？」

「はい。末端の部隊にいても、今度の群司令はどんな人だとか、前任地ではこんなことをやったとか、噂になっていました」

溝ノ口は、肯いて続ける。

「隊員は、上を本当によく見ている。こちらからは見えないにもかかわらず、よく見ている。そして、上が守ってくれないと思えば、誰も付いてこない」

「そのように考えられてのことだったんですね」

「今回のことは司法の範囲だ。理不尽であるにせよ、九空団司令や私にできることが限られているのは、隊員にも分かる。それでも、噂は広まるものだ。努力していたことは理解してくれるものと思っている」

溝ノ口の言葉は、腹に重い石でも抱えたまま絞り出したかのようだった。相づちや安易な同意の言葉を口にしてはいけないように感じた。

「しかし、有罪にはならなかったにせよ、結果的に、江口士長が退職したら、守ってくれなかったと思う者はいるだろうな」

溝ノ口にしては、珍しく弱々しい言葉だった。車の振動で、特借宿舎となっているマンション敷地に入ったことが感じとれた。舗装代わりに石畳が敷かれている。車寄せで停車すると、守本が後席のドアを開ける。斑尾は、素早く降りて、エントランスで荷物を手渡した。送りは、エントランスまで良いと言われている。

「お疲れ様でした」

ゲートを出た時と同じ言葉。しかし、込めた思いは同じではなかった。敬礼をして溝ノ口を見送る。後ろ姿がエレベーターに消えると、車に戻った。

「お疲れ様でした」

ダッシュボードに置いてあった司令官の階級を示すボードをしまうと、今度は、守本から同じ言葉をかけられる。なんだかこそばゆかった。斑尾は、自分は大したことはしていないと思っていた。そのこそばゆさを振り払いたくて、守本に問いかける。

「江口士長の件、どう思った？」

編合部隊の長である溝ノ口の思いとも、一介の初級幹部でしかない斑尾の思いとも違うはずだ。参考にしようと軽い気持ちで問いかけた。

「甘いですよ！」

斑尾は、予想外の大きな声に驚いた。

「甘い？」

「そうですよ。甘い！」

つい先ほどまでの無言を貫いていた様子と打って変わり、憤りを感じさせるほどだ。ハンドルを強く握り、吐き出すように言っていた。

「どうしたの？　以前に何かあった？」

「長く自衛官をやっていれば、当然ありますよ。でも、あの程度のヘマですぐに辞めるなんて、甘いんですよ」

守本の鼻息は荒い。何か思うところがあるようだが、話しにくそうでもあった。

「良かったら聞かせてくれない？」

守本は、大きく深呼吸すると、言葉を絞り出した。

「輸送員になって、三年目の時です。当然、まだ空士ですが、岐阜周辺の道路にも慣れて、なんとか一人前の輸送員っぽくなってました。そんな時に、検査隊の計測器が壊れて、修理のために小牧《こまき》まで運ぶ仕事があったんです。ただ、その計測器が精密機械だってことで、役務輸送にする話も出てたみたいです」

役務輸送は、部外の運送会社に役務として依頼し、運んでもらうことだ。あまり知られていないが、かなり頻繁に行われている。危険な物品などは、特殊な資格が必要なこともあり、専門の業者に依頼している。精密機械も役務輸送にかけられることがある。

「でも、岐阜から小牧までは二〇キロしかありません。渋滞していなければ四十分もかからずに着きます。だから、緩衝材をしっかり詰めて、管理隊で運ぶことになったんです。もちろん、注意して安全運転で走りました」

そこまで話して、守本は口を引き結んだ。その先は予想ができた。斑尾は、守本が再び口を開くのを待つ。ややあって、守本は声のトーンをひときわ落として続きを話し始めた。

「道路脇にある牛丼屋《ぎゅうどんや》の駐車場から、一時停止をせずに車が飛び出してきたんです。ブレーキとハンドルで、何とか車は避《よ》けたんですが、中央分離帯にぶつかってしまいました。今だったら、誘因事故ってことで、相手の過失の方が多くなる状況でしたが、当時は自損事故扱いにしかならなかったんです。幸い、私も車長も軽い怪我で済みました」

自衛隊車両では、基本的に階級上位の者が、車長として助手席に座ることになっている。

「でも、緩衝材が入っていても、計測器を入れた木箱が破損するほどの衝撃で、運んでいた計測器は、修理不能になってしまいました。三千万だって言われました。当然、怒られましたよ。私だけじゃなく、役務にしなかった会計担当者も怒られてました」

役務にしていれば、保険で弁済される。隊員が過失で機材を破損しても、個人で弁済を求められることはない。損失は、国費でまかなわれるということだ。

「よくその年で二曹になれたね」

弁済の義務はなくとも、職務上のミスは経歴として残る。昇任や昇級が遅れるのだ。

「事故の状況が、もらい事故に近いってことで、管理隊長が頑張ってくれた結果です」

交通事故と殴打事件の違いはあれ、今の状況にどことなく近い。

「私も、退職したいと隊長に言いました。でも、怒られたんです。『新たに隊員を採用して、お前レベルまで訓練するのに、どれだけカネがかかると思ってるんだ。申し訳ないと思うなら、仕事しろ！』って」

「そんなことがあったんだ」

斑尾は、夕日に赤く染まる空を見ながら呟いた。

「だから、甘いと思うんですよ。江口士長は、逮捕はされましたけど、罰金でさえないんでしょ？　私なんか、反則金をたんまり払わされましたよ」

反則金は行政処分だ。司法が罪として科す罰金とは違う。しかし、そんなことを指摘する必要はないだろう。

車は、基地のゲートにさしかかり、警衛隊員が敬礼してくる。司令官が乗車していないので、今度は斑尾が答礼を返した。

「車器隊に寄ってくれる？　歩いて戻るから、待ってなくていい」

「車器隊……ですか。分かりました」

守本は、理由を聞かなかった。聞かれても困っただろう。斑尾にも、どうしたいのかよく分かっていなかった。

車両器材隊は、車両と各種動力器材を整備する部隊だ。普通、自衛隊で特殊車両というと陸自がイメージされるかもしれないが、実は航空自衛隊も非常に多岐にわたる特殊車両を運用している。東日本大震災における福島《ふくしま》第一原発に投入された救難消防車、ＦＯＤを防止するためのランウェイスイーパーと呼ばれる滑走路用清掃車、航空機に給油するための燃料給油車、それにけん引車《いんしゃ》と呼ばれる航空機用のトラクターなど、実に様々だ。そして各種動力器材は更に多い。液体酸素を製造するための高圧ガス製造機から各種エアコンまで、多種多様なものを整備している。

床にピットと呼ばれる整備用のくぼみがある大きな建屋《たてや》に、特殊車両が並んでいた。すでに課業が終わっているためか、何人かが一台のフォークリフトを整備しているだけだった。急ぎで仕上げる必要があるのだろう。この手の部隊は、事務室が作業スペースの横に設けられていることが多い。斑尾が右手を見ると、無垢《むく》板に「車両器材隊」と書かれた看板を見つけた。横にある窓から明かりが漏れている。

斑尾は、鋼鉄製のドアを開け、声をかけた。

「失礼します。南西空司の副官です。隊長はいらっしゃいますか？」

三人ほどいた勤務者は、一様に怪訝な顔をしていた。副官、それも九空団の副官ではなく、南西空司の副官が来たら驚くし、一体なんの用事なのか訝《いぶか》しむのは当然だった。

三人の内の一人、先任らしき曹長が、一瞬で立ち直ると、「ちょっとお待ち下さい」と言って立ち上がった。彼は奥の部屋に向かった。三曹のWAFが「こちらでお待ち下さい」と席を勧めてくれる。案内されたのは、打ち合わせのためのスペースだろう。古びた合皮製のソファーセットが置かれていた。

「あの、特にお構いなく。隊長とお話して、すぐに帰りますから」

副官の仕事は気を使うことばかりだ。気づかいの大切さも分かるが、その大変さも分かる。余分な気を使わせてしまえば、可哀想《かわいそう》だった。わざわざお茶を淹れてもらう必要はない。

「了解しました。用件は、江口士長の件ですか？」

「ええ、まあ」

他の用件と言っても信じてはもらえないだろう。

「司令官は、何て仰《おつしや》っているんでしょうか？」

斑尾は、彼女の右胸をちらっと見る。名札には、土屋《つちや》と書かれていた。

「司令官は、何も言っていません。私は副官ですが、個人として来たんです」

「そうですか……」

斑尾がそう言うと、土屋三曹は残念そうな顔を見せた。

「それが、どうかしましたか？」

口にしにくいことなのか、彼女は、ためらいがちに言った。

「今回の件で、司令部がいろいろ骨を折ってくれたというのは聞いています。釈放後、そのことを江口士長が聞いて、すごく気にしていました。逮捕されていると外のことは分からないらしいです。思った以上に大きな話になってしまっていたんだと言って、青くなってました。それで、迷惑をかけた責任をとって辞めるって言い出したんです。そこに副官が来られたので、司令官から気にしないようにと、言づかっているのかと思ったんですが……」

上が動くというのは、影響が広範囲に及ぶということだ。今回の件は、その危険性に、たまたま幕僚長が気付いたおかげだったが、南西空司が骨を折ったことで、重大視されていると思ったらしい。理不尽な扱いを受けずに済んだことには、司令部の関与が影響していたが、それによって江口士長のプレッシャーも増えていたようだ。

「ごめんなさい。正直に言うと、私も説得するために来た訳じゃないんです。でも、結果的に、引き留められるかもしれません」

斑尾は、そう言って微笑《ほほえ》んでみせた。斑尾は、一言でいいから文句を言うために車器隊に来ていた。どうしたいのか、自分の意思も分かっていなかったが、文句だけは言いたかった。慰留するために来たのではない。しかし、土屋三曹の言葉で、江口士長にかける言葉は決まった。斑尾が言いたかった文句が、慰留になるのなら、それに越したことはない。

土屋三曹が、斑尾の言葉に目を白黒させていると、隊長のもとに行っていた空曹長が戻って来た。

「こちらにどうぞ」

斑尾は、案内されて隊長室に入った。

「失礼します。南西空司副官の斑尾二尉です」

斑尾は、帽子を手にした右手をぴったりと体側に付けて十度の敬礼をする。車器隊長は、四十歳前後の中肉中背、穏やかそうな顔の三佐だった。防大や斑尾のような一般大出身ではなく、いわゆるたたき上げの部内幹部だろう。名札には小日向《こひなた》と刺繍《ししゆう》されていた。

「副官が、何の用ですか？」

小日向は、斑尾を執務机の前に置かれている応接セットに案内すると、単刀直入に聞いてきた。

「江口士長が、退職を申し出ていると伺いました」

そう言うと、小日向は右手を指し示した。そちらには、アコーディオン式のついたてが置かれている。小日向の着替えスペースかと思ったが、違うらしい。

「退職の話は別として、懲戒のための調査も必要です。状況がどうだったのか等、書いてもらっているところです」

「なるほど。そうですか」

斑尾は、姿勢を正して言葉を続ける。恐らく、ついたての向こうで、江口士長が聞き耳を立てているだろう。

「今回の件で、南西空司が動いたことはこちらにも情報が入っていると思います。ただ、噂レベルというか、正式に流された情報でないため、誤解がされているようです。こちらでどのように指導され、また江口士長自身がどのように判断するかは、私の関与するところではありませんが、誤解は解いておきたいと思います」

「と、言いますと？」

「まず、南西空司が動いた理由ですが、これは過去の事例から、江口士長が不当な扱いを受けているのではないかと懸念したからです。その可能性に気付いたのは幕僚長でした。そこから情報収集をした結果、当番弁護士を変えないと危険だということも認識し、こちらからご家族に伝えて頂きました」

これで、少なくとも南西空司が関わった理由が、事件を問題視したからではないということは分かるだろう。

「次に、関係者を見舞ったのは、弁護士が示談交渉する上で、相手方の心証を良くした方がよいと助言があったことと、当日の状況を聞くためでした。その際、私が出向いたのは、相手が高校生だったからです。VIPが行ったところで、その意味を理解してもらえない可能性が高かったでしょう。知念少年にSNSで発信してもらったのは、見舞った結果、手助けしてくれそうだったから。ただそれだけです」

斑尾は、ここで少し言葉を切った。小日向は、こちらの話を十分に理解しているようだ。話を聞いているのが隊長の小日向だけであれば、話を止める必要がない。顔が見えない話し相手、江口士長が頭の整理ができただろうタイミングで、本題に入った。

「正直な話、私も、司令官や幕僚長がここまで意を払う理由をよく理解できていませんでした。つい先ほど、司令官からお話を聞くまでは」

「どんなご配慮だったんです?」

「統御《とうぎょ》、方面隊レベルで、全隊員の士気を振作《しんさく》するためには必要だと考えられたようです」

統御は、指揮の一部とされる。広い意味での指揮は、三つの要素から成りたっている。

管理、統御、そして狭い意味での指揮だ。管理は、勤務管理や人事などで、部下をコントロールすることだ。狭い意味での指揮は、命令を発し、実行させること。そして、統御は、部下のやる気を引き出し、士気を高めること。指揮官は、この三つ全てを行なわなければならない。

「司令官は、隊長と違い、隊員と顔を合わせることもできない以上、尚《なお》のこと、こうした事例においては、自衛官であることを理由に理不尽な扱いを受ける隊員を守る姿勢を示さなければ、隊員が付いてこないとお考えでした」

小日向は肯いてくれる。江口士長が今すぐに理解してくれなくとも、小日向が噛み砕いて話してくれるだろう。そして、声を張り上げ、次の言葉を発した。小日向ではなく、江口士長に直接聞かせるために。

「だからこそ、江口士長には退職を思いとどまって欲しいと思っています」

小日向は、驚いた顔をしていた。江口士長もそうだろう。

「司令部に勤務する隊員以外は、司令官の人となりなど知るよしもないでしょう。今回の事件が、服務指導用の事故事例資料となる場合でも、今お話したような詳細までは書かれないはずです。江口士長が退職すれば、結果として退職したという事実くらいしか、大多数の隊員には認識されません。それでは、せっかくの努力が意味を成さなかったことになります。上が隊員を守らなかったと思われてしまうかもしれません」

「なるほど。そうですね。江口にも言い聞かせましょう」

小日向が笑いながらそう言ってくれたことで、斑尾は腰を上げた。

「お忙しいところ、突然お邪魔した上、お時間を取って頂き、ありがとうございました」

「いえ、こちらこそ、詳しい話を聞けて良かった」

斑尾は、背筋を伸ばし小日向に敬礼すると、事務室に続くドアに向かった。そして、ドアノブに手をかけたところで思い出した。

「あ、言い忘れたことがあります」

振り向くと、ついたての脇に、小日向と並んで士長の階級章を付けた隊員が立っていた。江口士長だろう。斑尾は、視線をその士長に向けて言った。

「もし江口士長が退職すれば、助けられた知念少年は負い目を感じるでしょう。それに、防大を受験するかもしれない仲宗根少年も、受験を躊躇《ちゅうちょ》すると思います。何より、防大を出て自衛官になったら、訓練で江口士長をぶっ飛ばすと言っていた彼の希望が叶《かな》わなくなります」

江口士長は、驚きと苦笑の入り交じった奇妙な顔をしていた。

「では、失礼します」

斑尾は、もう一度敬礼して踵《きびす》を返した。

第四章　副官と防災訓練

「ただいま」

斑尾は、司令官を送り届け、副官室に戻ると一人で留守番をしていた村内に声をかけた。村内は、パソコン作業を止め立《や》ち上がる。

「お帰りなさい。じゃ、掃除を始めますね」

村内一人になってしまうと、副官室を空けることができない。掃除は、斑尾たちが戻って来てからしか始められなかった。夜の会合がある場合は、直《す》ぐに出なければならない時もある。ＶＩＰが帰った後も、なかなかに忙しい。その上、このタイミングでやってくる者もいる。

「副官はいるかぁ？」

防衛課の栗原《くりはら》三佐だった。四十代の年相応の顔立ちの上に、真っ白な頭髪が乗っている。一瞬、こちらの頭がバグらせられる風貌《ふうぼう》だ。そこそこハンサムなだけに、なぜ染めないのか不思議でならなかった。

「はい。何でしょうか？」

「明日、MR《エムアール》後に美《ちゆ》ら島《しま》レスキューの報告をやることになってるだろ」

美ら島レスキューは、沖縄県と陸自が共催で実施している防災訓練だ。

「はい。MRに続けてやるんですよね？」

「その予定にしてたんだが、聞く必要のないMR参加メンバーが多い。苦情が出たんだ。だから、一旦《いったん》MRを終了させて全員を出す。で、準備してから改めて司令官に入ってもらうように変更したい」

「分かりました。再入室のタイミングはどうしますか？」

「準備は、五分くらいで終わる。電話をするからVIP三人を順次送り出してくれ」

斑尾が了解を告げると、栗原はダブルクリップで留められた資料を差し出した。

「明日の報告資料だ。VIP分は机の上に置いておく。これは副官のだ」

「ありがとうございます」

予習ができるのはありがたかった。VIPは、知識の下地を多く持っている。彼らに向けた報告は、簡潔だ。専門用語も多い。MRで報告される程度であれば、斑尾も大抵は分かるようになっていたが、個別に行われる報告では、いきなり聞いたのでは理解が及ばない時がある。

今夜は、会合への随行予定がない。家に帰ってから、じっくりと読むことができる。

＊

ＶＩＰがＭＲから戻ると、入室状況の表示ランプを三人とも『不在』から『入室不可』に変えた。栗原は五分程度で報告の準備が完了すると言っていた。直ぐに会議室に向かわなければならない。

ところが、こんな時に限って、強引に入室しようとする者が現れる。医務官の山城一佐だった。

「ＭＲで言われた件、司令官に報告させて」

表示ランプは、カウンター上に置かれているだけでなく、ＶＩＰエリアの入り口にも掲げられている。廊下を歩いてくれば『入室不可』なのは嫌でも分かるはずだったが、あまり気にしていないようだ。部長格なこともあるのだろうが、山城の場合は、性格だろう。美ら島レスキューの報告がある予定なので、山城であっても断らなければならない。副官宴会の件でお世話になったので、断りにくいのだが、これも仕事だ。

「すみません。まもなく美ら島レスキューの報告があるので、入室不可にさせてもらっています」

「すぐに終わるよ。ほら、ＭＲで言われた三幕別《さんばく》の累計感染者数の報告だから」

溝ノ口が報告を指示した事項なので、報告を急ぐ必要性は理解している。しかし、予定も大切だ。

「ですが、もう間もなく出なければいけないんです」

斑尾が引き留めようとしたが、すでに山城は、司令官室に向けて歩き始めていた。

「一瞬。一瞬で終わるから」

引き留めなければいけなかった。しかし、栗原から電話が来ても、幕僚長、副司令官、その次に司令官の順で送り出すことになる。本当に短時間で報告が終わるのであれば、山城が報告に入っても実害はなかった。

斑尾は、それ以上の声をかけることができず、山城は司令官室に入ってしまった。そして、間が悪いことに電話が鳴る。取ったのは三和だ。副官付の仕事になかなか慣れないと悩んでいる。電話応対だけでも頑張ると言い、その手始めとして、電話に速く出ようと努めていた。

「副官室、三和三曹です」

三和は、些細《ささい》な電話でもメモを取るように心がけている。ただ、この時は右手に持ったボールペンが動くことはなかった。すぐに受話器を置いて報告してくる。

「防衛課の栗原三佐から、会議室の準備ができたのでよろしくとのことでした」

斑尾は、山城が早く司令官室から出てくれることを祈りながら、幕僚長室に向かった。入り口に立ち、馬橋に声をかける。

「美ら島レスキューの報告準備ができたそうです。会議室にお願いします」

報告書を読んでいた馬橋は、すぐにメガネを手に取ると立ち上がった。斑尾は、副官室前まで戻って馬橋を見送る。

『山城一佐、早く出て～！』

斑尾の祈りは、いかなる神にも届かなかった。彼がＶＩＰエリアを出ると、同じようにして目黒に声をかける。汗ばむ手を握りしめて目黒を見送る。

司令官の予定は決まっていたことで、予定表は、昨夜のうちに医務官室にも配布している。山城は、今朝の時点で溝ノ口の予定を知っていたことは間違いない。いかに報告するよう命じられたとはいえ、山城の報告を中断させても問題ないはずだ。斑尾は、司令官室の入り口に立った。執務机の前には、腰を少し曲げ、まだ机上の資料を指さしている山城の姿が見えた。あえて、その姿を無視して声をかける。

「美ら島レスキューの報告準備ができたとのことです。会議室にお願いします」

溝ノ口は「分かった」と答えたが、二人はまだ資料を見て何か話していた。斑尾は、入り口に立ったまま、報告が終わるのを待つ。

少しでもプレッシャーをかけ、急いでもらいたかった。しかし、山城の報告はなかなか終わらない。溝ノ口が「分かった」と答えている以上、急《せ》かすこともはばかられる。斑尾は、胃の痛くなる思いをしながら報告の終了を待つしかなかった。

結局、山城が報告を終え、溝ノ口が立ち上がったのは、斑尾が声をかけてから二分以上経過してからだった。

「会議室にお願いします」

溝ノ口も急いでくれている。それ以上の声はかけなかった。斑尾は、溝ノ口の後に続いて会議室に向かった。

＊

溝ノ口に続いて、会議室に入る。音を立てないようにドアを閉め、壁際に置かれた自分の椅子《いす》に向かった。

ブリーファーは、栗原だった。演台に立つ彼の後ろに、少し色の違う迷彩服を着た隊員がいた。どうやら、陸自の関係者も来ているようだ。

「今年度の美ら島レスキューは、沖縄県が作成した津波浸水想定に準拠し、大規模な地震に続き、津波被害が発生したとの想定で訓練を実施致します」

東日本大震災の後、『津波防災地域づくりに関する法律』という法が作られ、それに基づいて各県で被害想定を作成し、備えることになったそうだ。今年の美ら島レスキューも、それに基づいて実施されるらしい。栗原は、最初に沖縄県が作成した津波浸水想定の説明から始めた。

「琉球《りゅうきゅう》諸島の西には沖縄トラフ、東には琉球海溝が存在しています。東日本大震災が、日本海溝付近で生じた太平洋プレートと北アメリカプレートのズレが原因であったように、沖縄の場合は西側と東側に津波を発生しうる震源域が存在することになります」

沖縄は、台風被害のニュースは多くとも、地震災害のニュースはさほど目にしない。しかし、先日の宮古島出張の際に聞いたように、過去には大きな地震が起きたこともあるらしい。素人考えでも、プレートの境界であるために深く沈み込む場所は、大きな力がかかっていることは分かる。沖縄トラフは最大深度が二二〇〇メートルだが、琉球海溝は七五〇〇メートルにもなるそうだ。当然、専門家の試算でも、東側の琉球海溝付近で発生した地震が、巨大津波を起こすとされていた。

「このため、沖縄本島であれば、特に東側の地域で高い津波が押し寄せることになります。普天間《ふてんま》基地の移設予定先となっているキャンプ・シュワブのある名護《なご》市やその北にある東《ひがし》村《そん》では津波水位が二〇メートルを超え、米軍のホワイト・ビーチや海自沖縄基地のあるうるま市でも、一七メートルを超えると試算されています」

そんな津波が来れば、甚大《じんだい》な被害が出るはずだ。斑尾は目を見張った。

「琉球海溝付近で発生した津波は、沖縄本島を回り込み、西側では最初に引き波を引き起こします。そしてその揺り戻しとして、東側ほどではないにせよ、大きな津波が到来する見込みです。那覇空港、そして那覇基地のある那覇市、豊見城市に到達する津波は、八メートルを超えると予測されています。那覇空港の滑走路は、標高にして三メートル少々です。浸水被害は、津波発生時の潮位に影響を受けるにせよ、八メートルもの津波が押し寄せた場合、潮位に関係なく、滑走路の全《すべ》てが水没し、エプロン周辺にあるハンガーなども大きな被害を受けることは間違いありません」

宮城《みやぎ》県東松島《ひがしまつしま》市に存在し、ブルーインパルスが所属する松島基地に、東日本大震災で大きな被害が発生したことを考えれば、基地自体にも甚大な被害が発生することが分かる。

対領空侵犯措置に備え、緊急発進が可能な状態になっているアラート機は、機体自体は即座に離陸できるはずだ。しかし、大きな地震が発生すれば、滑走路も無事とは限らない。チェックが完了しなければ離陸できないし、管制権を持つ那覇の航空局《CAB》が、偵察目的の戦闘機を最優先で離陸させてくれるかどうかは分からなかった。

「離陸が可能で、被害を逃れられるのは、航空救難に備えて待機している救難ヘリだけになる可能性も高いと思われます。ただし、これさえも、格納庫の被害によっては確実とは言えません」

そのような状況になっても、自衛隊は活動しなければならないのだ。斑尾は、この被害想定を聞いただけで胃が痛くなった。

とまれ、地震津波災害における災害派遣の主役は陸自だ。美ら島レスキューの共催者の一方も陸自。空自は、実働訓練、つまり隊員がガレキをかき分けて人命救助するような実際に人間が動く訓練ではなく、図上訓練と呼ばれる県や消防、警察といった関係機関との連絡調整の訓練に参加することになっていた。

「こちらが、昨年度の訓練風景です」

栗原が見せてくれた昨年の写真も、体育館に机を並べ、電話のやりとりをしたり県庁職員と自衛隊員が同じ地図を眺めて調整している様子だった。

斑尾は、部隊の一員として演習に参加したことはあっても、司令部での図上訓練には参加したことがなかった。実器材の動くことのない図上訓練は、正直に言えば、面白みがないものに見えた。

続いて、栗原は訓練項目とスケジュールを説明して、報告は終わった。一応、質問があるかと問いかけていたが、溝ノ口だけでなく、目黒も馬橋も、何も尋ねることはなかった。空自は、図上訓練への参加だけとはいえ、こんなに簡単な報告で良いのだろうかと訝《いぶか》しんだ。

「後で栗原三佐に聞いてみよう」

斑尾は、手帳のスケジュール欄に『栗原三佐に質問』と書き込んだ。

＊

会議室での報告が終わり、ＶＩＰ三人が退出し、斑尾もその後に続く。いつだったら防衛課に行けるか考えていると、歩みを止めた目黒が振り返っていた。つられて馬橋もこちらを見ている。

「副官、司令官の到着が遅かったが、何かあったのか？」

斑尾は、すっかり失念していた。やはりまずかったのかもしれない。それでも、実害と言えるほどの問題はなかったはずだ。

「申し訳ありません。防衛課から準備完了報告を受けてから、お三方には移動してもらう手はずだったのですが、その前から、医務官が入っておりました。MRの時に司令官がリクエストされていた三幕別の累計感染者数の報告です」

「この報告は、スケジュールに入っていただろ。止めなかったのか？」

「止めたのですが、すぐに終わる報告だからということで、入ってしまわれました」

目黒は、鼻息あらくため息を吐《つ》くと言った。

「副官は、司令官の時間を有効利用するためだけに存在しているのではないんだぞ。美ら島レスキューに参加する者が多かったから、報告の参加者は多かった。陸自からブリーフイング支援で来てくれた三佐もいた。全員が司令官を待っていた。こうした無駄が生じないように、スケジュールを決め、それに合わせて動いているんだ。ただの訓練のための事前報告だから問題ないとか、司令官の用事なんだから他を待たせておけばいいと思っているなら、とんだ考え違いだぞ」

「申し訳ありません。そのように考えている訳ではありませんが、考えが甘かったと思います」

実害はないからいいか、と思っていたことは事実だ。確かに甘かった。副官室に戻り、ため息を吐いていると三和に尋ねられた。顚末《てんまつ》を話し、副官付の三人にも注意喚起する。副官室業務は、自分一人だけで行っている訳ではない。共通認識を作っておくことも仕事だった。

「決まっているスケジュールについては、しっかり守ろう。VIPだけでなく、司令部全員が効率良く動けるように」

三人が、それぞれに了解を示す。斑尾は、気持ちを入れ替えようと自分の頰《ほお》を叩《たた》く。すると、村内が呟《つぶや》いた。

「副司令官も副官経験者ですから、思うところがあったんでしょうね」

「そうかもしれない」

斑尾は、機会があったら聞いてみようと思った。

＊

会議室での報告が行われた日の夜は、美ら島レスキューに参加する部外の各機関トップが集まる事前会同という名の懇親会があった。始まる時間が早かったため、一旦溝ノ口を特借宿舎《とつかり》に送り、庁舎に戻った斑尾も、着替えて直ぐに出かけなければならなかった。

服は、沖縄では知事や役人も着ているかりゆしウェアだ。近々、専門の店でオーダーして作ることになっている。やはり良いモノとそうでないモノは、見る人が見れば、一目瞭然《いちもくりようぜん》らしい。今持っているのは、できあいを買ってきたものだった。

かりゆしウェアは、観光県沖縄のアピールのため一九七〇年に考案されたものだそうだ。柄が沖縄っぽい点の他は、アロハシャツにそっくりだ。もっとも、アロハシャツ自体が、和服の影響で作られたらしいので、アロハシャツもかりゆしウェアも、和、琉球、ハワイ文化の混血と言えるかもしれない。

懇親会は、コロナ感染対策のため、例年に比べると参加者を絞り、席の間隔を空けての開催だった。そのため、斑尾は会場に送っただけで帰ることができた。溝ノ口は、タクシーで帰るそうだ。このパターンだと、慌ただしいものの楽だった。

斑尾は、司令部庁舎に帰ってから防衛課に向かった。服は、かりゆしウェアのままだ。安物だが、沖縄文化に敬意を表して、琉球紅型《びんがた》と呼ばれる伝統的な模様のものだ。

送り届けただけで戻って来たとは言え、時刻は十九時三十分を過ぎていた。それでも、今日はナイト、夜間飛行訓練があるため、栗原三佐も残っている可能性が高い。ナイトのモニターは本来は運用課の仕事なのだが、事故でもあれば運用課だけでは手が回らない。F-15のパイロットでもある栗原三佐は、自分の席でノートパソコンを叩いていた。

「失礼しま～す」

斑尾がかけた声も、防衛課や運用課の雰囲気も、日中とは違いリラックスしたものだ。仕事中ではあるものの、課業時間外は空気が違う。斑尾もその空気になじめるようになっている。かりゆしウェアで入っていっても、そのことを気にする幕僚もいなかった。休日出勤した時と同じようなものだ。運用課におかれたモニターには、ランウェイやエプロンが映されている。エプロン上の航空機を見ると、既にナイトの終了に向けて片付けも始まっているようだ。

「栗原三佐、美ら島レスキューのことで、少しお聞きしたいことがあるのですが、いいですか？」

斑尾が声をかけると、栗原は、パソコン画面から視線を上げた。

「どうした～？」

栗原の声も、日中とは違う。

「今日の報告ですが、被害想定とかは、詳しくて分かり易《やす》かったんですが、訓練項目やスケジュールをざっと説明しただけで、正直言ってあまりよく分からなかったんです。あんな簡単な報告で良かったんですか？」

「司令官がそう言ったんじゃないだろうな？」

斑尾が問いかけると、栗原よりも先に、防衛課長の難波《なんば》二佐が声を上げた。防衛部は、全体的に強面《こわもて》が多いのだが、その中でも難波は極めつけだった。ガラが悪いのではなく、厳しい感じがハンパない。年齢は栗原よりもかなり上のはずだったが、栗原の頭が真っ白なせいもあって、大差ないように見える。

「いえ、司令官は何も仰《おつしや》ってません。私が分からなかっただけです」

「そうか。ならいい。お前が不勉強なだけだろ」

難波は、そうこき下ろすと興味を無くしたように、自分の仕事に戻った。斑尾が視線を栗原に戻すと、彼はこめかみの上あたりをかきながら言った。

「ブラインド方式なんだから、あんなもんで十分だろ」

「ブラインド方式……ですか?」

オウム返しに聞くと、栗原は眉《まゆ》をひそめた。

「ブラインド方式が分からない……か。その分だと訓練方式がブラインドだと言ったのを聞いてなかったな?」

「聞いてはいましたが、分からない話なので、頭の中でスルーしてしまったんだと思います。すみません」

「それじゃあ、まあ仕方ないか。副官に説明するつもりじゃなかったからな」

栗原は、そう言って教えてくれた。ブラインド方式の訓練というのは、図上訓練の中で発生する事象、つまり訓練のシナリオを、訓練参加者に提示せずに実施する訓練だという。

「シナリオ自体はあるけども、それを知らせずにやる訓練ということですか」

「そういうこと。自衛隊の演習なんかだと、訓練者の行動によってシナリオが変わって行くものさえあるけれど、防災訓練だとそこまでの必要性はない」

「なるほど。じゃあ、報告には訓練参加者もいたので、細かい部分は知らせることが不適当だったということですね」

「それに、訓練参加者じゃない司令官にとっては、想定とブラインド方式だということが分かっていれば、後は朝九時に始まって十七時に一旦中断し、翌日再開するというようなことが分かっていれば、視察に行く時に困らない。それで十分だろ？」

「なるほど」

結局、よく分からなかったのは、斑尾自身の基礎知識が足りなかったことが原因のようだった。斑尾は、栗原に礼を言って防衛部をあとにした。慣れてはきたものの、まだまだだということを再認識させられた。

＊

事前会同という名の懇親会への随行は、送り込みだけで終了したものの、庁舎に戻ってからは、残務の整理だけでなく、防衛課にも行った。おかげで、帰宅したのは二十一時を回っていた。

コロナ対策のために、沖縄県が飲食店に対して営業時間短縮要請を出しているので、〝ゆんた〟の営業も終わっている。しかし、食べるものはあった。〝ゆんた〟の営業時間中に電話して、作ってもらってある。唯がデリバリーしてくれた。

「スタミナの付くものがいいって言うから、タコライスにしたよ。今日は、私が作ったんだ」

タコライスは、ご飯の上に、タコスの具、挽肉《ひきにく》にスパイスを加えたタコミートにチーズや野菜を載せた、近代沖縄料理だ。アメリカの統治が長く続き、返還後も多数の米軍が駐留する中で、アメリカと日本の食文化が融合して誕生した。初めて作られたのは、一九八四年で、四十年ほどの歴史しかないが、今ではすっかりポピュラーな料理だ。

〝ゆんた〟では、伝統的な沖縄料理は古都子が作っているが、タコライスのようなカジュアルな沖縄料理は、唯が作ることも多かった。スパイシーなタコライスは、スタミナも満点だ。

「うん、美味《おい》しい！」

ご飯、タコミート、野菜を混ぜてスプーンですくう。異なった味のハーモニーがたまらない。斑尾が舌鼓を打っていると、唯が大きな目をしばたたかせて言った。

「ねえ。新聞に美ら島レスキューっていうのがあるって書いてあったんだけど、何をやるの？」

斑尾は、昨日今日で仕入れたばかりの知識を披露する。唯は、目を丸くして聞いていた。

「よく分からないけど、大事な訓練なんだよね。普通の人は、見に行けるの？」

「県でやる総合防災訓練とかとは違って、一般公開はしてなかったはずだよ。場所も陸上自衛隊の駐屯地や訓練場だから、普通は入っていけないし」

「そうなんだ。面白そうっていうか、興味があったんだけどなぁ」

「参加している団体は結構多いから、見に行くんじゃなくて、参加する機会ならあるかも。でも、さすがにマリンレジャーの団体は参加してないんじゃないかな。観光協会みたいなのは、参加してたはず。観光客の避難誘導とかしなくちゃいけないから」

「そっか。海や海岸にいたら、お客さんの安全は守らないといけないんだよね」

唯は、ダイビングのインストラクターもやっている。今は、コロナのおかげで開店休業状態だが、津波は気になるのだろう。

「美ら島レスキューは、実働、つまり実際に動いてやる訓練もあるんだけど、医療関係者がやる広域医療搬送拠点（ＳＣＵ＝Staging Care Unit）の設置運営訓練とか、被災者の搬送訓練とかがほとんどで、実働の部分は多くないの。メインは図上訓練と言われる指示を出す部分の訓練なんだよ。だから、見てもあまり面白いものじゃないと思う」

斑尾は、唯にオススメできないと諭したが、それを後で悔やむことになるとは思わなかった。

＊

那覇基地のゲートを出て、国道を左に折れる。一キロほど走ると、おっきなパインと呼ばれるパイナップルを模した立体看板がある分岐交差点を左に入る。交差点には、『めんそーれ　15Ｂ』と刈り込まれた植木があり、一五旅団への訪問者を歓迎していた。交差点を過ぎると、すぐに那覇駐屯地のゲートだ。司令部庁舎を出る時に連絡してある。基地のゲートと同じように、溝ノ口だけが敬礼して通り過ぎた。

ゲートを通過すると、右手に一五旅団の司令部庁舎が見えてくる。コンクリート製のビルだが、沖縄赤瓦《あかがわら》が使われ、屋根だけが、首里城《しゅりじょう》のような雰囲気になっている。視察で訪れた恩納《おんな》分屯基地の庁舎と同じだった。近年に建てられた自衛隊庁舎では、沖縄赤瓦を取り入れているらしい。景観配慮というよりも、沖縄文化に敬意を表しているようだ。これも、地元に溶け込む努力の一つだった。

守本がハンドルを握る司令官車は、その一五旅団司令部庁舎前も通り過ぎ、そのまま美ら島レスキューの会場となっている体育館に向かった。車は体育館の正面で止まり、溝ノ口と斑尾だけが降りる。守本は駐車場で待機だ。もし緊急で動くことになれば、斑尾が携帯で連絡して車を回してもらうことになる。

斑尾は、溝ノ口を先導して体育館の入り口に向かった。庁舎内など、案内が必要のない場所では、通常司令官の少し後ろを歩く。初めて行く場所など、案内が必要な場合だけは、司令官を先導して前を歩かなければならない。斑尾は、前任の副官だった前崎一尉から申し送られたように動こうとしていたが、不慣れな場所では落ち着かなかった。

「副官、あまりきょろきょろするなよ。格好悪いぞ」

溝ノ口は、冗談めかして言っていたものの、斑尾には冷や汗ものだ。

「はい。体育館の入り口に受付を設けてあると聞いているのですが……」

結局、受付は体育館の入り口を入った中にあった。南西航空方面隊司令官が到着したことを告げると、ＶＩＰを識別するための名札を渡される。斑尾は、それを溝ノ口の右胸に付ける。

陸自は、こうした細部にも徹底している。事前に渡された資料には、名札の装着位置まで示した図が付いていた。空自では、そこまで丁寧な仕事は、見たことも聞いたこともない。

名札を付け終わると、溝ノ口の案内は陸自の接遇要員がやってくれるという。斑尾は、随行者の待機スペースを聞くと、案内される溝ノ口を追いかけ、席を確認する。緊急の連絡があれば、目立たないように耳打ちしに来なければならない。

「私は、あちらの随行者待機スペースで待機しています」

斑尾は、聞き出した待機スペースを指差した。溝ノ口が肯《うなず》いたことを確認し、目礼して待機スペースに移動する。

溝ノ口を案内し終わり、訓練が始まってしまえば、特にやらなければならないことはない。時折溝ノ口の様子を窺いながら、斑尾自身も訓練を見ることができた。

待機スペースを見回すと、知った顔を見つけた。部外の者が多い中、迷彩服がいれば目立つ。一五旅団長の副官、生島《いくしま》二等陸尉《りくい》だった。溝ノ口の着任後、一五旅団へも表敬訪問している。その時にほんの少しだけ話をすることができた。斑尾とは期が同じだが、彼は防大出身だったし、幹部候補生学校は三幕それぞれ別にあるため、着任挨拶《あいさつ》で訪問するまで、顔を合わせたことはなかった。

「生島二尉、お疲れ様です」

顔合わせの挨拶をすると、斑尾は生島に聞いた。

「旅団長はどちらですか？」

溝ノ口が案内されたVIP席に、旅団長の姿はなかった。生島が「あちらです」と言った場所を見ると、VIP席から少し離れた席に一人で座っていた。

「美ら島レスキューは、沖縄県との共催なので、主催者二人の席を設けてます。県知事は、県庁側の会場にいますが、そちらにも旅団長の席を設けてもらってます。互いにそれぞれの会場を見に行けるように配慮した結果です」

阪神《はんしん》・淡路《あわじ》大震災や東日本大震災を見れば、大規模災害における主役は陸自であることは明らかだ。空自や海自も参加するが、隊員一人一人のスキルだけでなく、何よりもその数に圧倒的な違いがある。空自や海自は、それぞれ空と海という得意分野での活動では力を発揮するが、倒壊した建物からの救助などでは、だんぜん陸自なのだ。それだけに、陸自はこうした防災訓練に力を入れている。

「県としっかり連携できているんですね」

斑尾がそう言うと、生島は微《かす》かに微笑《ほほえ》んだものの、何だか微妙な顔をしていた。そして、クイズを出してきた。

「美ら島レスキューは、何回目だと思いますか？」

栗原は、何回目なのかも報告していた。しかし、斑尾は、そこに重要性を感じなかった。正確には覚えていない。

「確か、五回目くらいだったと思いますが……」

斑尾が答えると、生島は肯いた。

「沖縄県と共催する美ら島レスキューは、五回目です。ですが、不正解ですね」

正解のはずなのに不正解だという。生島の顔は、得意げな、それでいて悪戯《いたずら》っぽい笑顔だった。斑尾は目をしばたたいた。

「実は、県と共催する前に、一五旅団だけの主催で四回ほど実施しているんです」

「え、単独でですか？」

「単独……と言うと語弊があるでしょうね。主催は一五旅団でしたが、現在と同じように、多くの関係機関に参加してもらっています。県もですし、もちろん空自からも参加してもらったそうです。その頃《ころ》、私はこちらにいなかったので、聞いただけですが」

生島は、少し気恥ずかしそうに笑っていた。

「一五旅団が新編されたのは二〇一〇年です。もちろん、それ以前の第一混成団でも、災害派遣には積極的に取り組んで来ましたが、司令部機能には差があります。以前は、大々的にやろうにも手が回らなかったようです。旅団化され、さあ頑張るぞとなったものの、防災のイニシアチブを取るはずの県の動きが今ひとつだったようです」

生島は、美ら島レスキューの歴史を語ってくれた。栗原からは聞けなかった話だ。これも、陸自と空自の災派《さいは》にかける意気込みの差なのだろう。

「で、とにかくやろう。実績を積み上げて、県を引き込もうということで、美ら島レスキューが始まったみたいです。もちろん、私が聞いてきた範囲の話なので、違うことを言う人もいると思いますが、たぶん大きく違うことはないはずです」

「そうだったんですか」

斑尾は、素直に驚きを口にした。それほど衝撃だった。

「二〇一三年の最初の美ら島レスキューでは、県からの参加は、部課単位で言えば一個だけ、市町村では五市町村だったそうです。それが徐々に増え、県との共催となり、現在では県からの参加は二十個部課に迫りますし、市町村レベルでも同じくらいの数です。そういう意味では、当初の目論見《もくろみ》は成功したということなんでしょうね」

「不勉強でした」

斑尾は、頭を下げた。自然とそんな気分になったからだ。宮古島の視察や先日の殴打事件を通じて、部外のことや過去の経緯も知り、それを踏まえた行動をしなければならないと考えていたところだった。ここにもそんな事例が転がっている。

「いえ、賢《さか》しくて申し訳ありません。空自の方が陸自のことを知らないのは当たり前ですから」

生島は、さわやかに笑っていた。ソクラテスの『無知の知』だった。知れば知るほど、自分が何も知らないということを自覚することは、精神的には辛《つら》いことでもあった。それでも、一度知らないことを知ってしまうと、もう後戻りはできない。

「できることからコツコツと。勉強するしかないね」

斑尾は、誰《だれ》にも聞こえないように小声で呟いた。

＊

自衛官のみならず、自治体関係者やインフラ企業を含め、美ら島レスキューの参加者は、真剣な面持ちで訓練に臨んでいた。斑尾は、訓練が始まると、会場を眺めているだけだ。

自衛隊で言うところの状況外、つまり訓練のために作られた〝状況〟に入らない人なので、気楽に構えていても問題ない。現実の突発事態が発生しない限り、仕事らしい仕事もないのだ。訓練を眺めながら、浮かんで来た小さな疑問を生島に聞き、これ幸いと勉強の時間にしていた。

「今流れたテレビでの被害状況報道ですが、どこから流しているんですか?」

体育館内に「テレビ報道〇九四五『本島東海岸に大きな津波が押し寄せている模様』」という放送が流れていた。

「あちらのドアに、状況付与部と書いてありますよね。あそこで付与する状況を全てコントロールしています。テレビ報道は、全員が知ることができますから館内放送ですし、特定の部署に電話で上がってくる報告は、あそこから個別に電話をかけてきます」

生島から説明を受けていると、その状況付与部のドアが開き、書類を持った者が出てきた。

「今、出てきた者がいますが、特定部署への画像情報なんかは手交《しゅこう》することになっています」

「これだけの訓練だと、事前準備も含めて大変ですね」

斑尾の言葉に生島が肯いた。

「訓練が始まった頃は、自衛隊以外の参加者に示す状況付与計画の作成で苦労したそうです。報道は分かりますが、自治体などの下部組織から、いつ頃どのような情報が集まってくるのか、なかなか分からなかったそうです。今は、県が共催になっていますので状況付与計画もリアリティのあるものが、作れるようになっているそうです」

斑尾が、またとない機会を利用して、いろいろと聞き出してやろうと画策していると、生島に携帯電話がかかってきた。彼は、素早くメモを取り出し、ボールペンを走らせる。

「南大東島《みなみだいとうじま》から複数名の急患空輸の調整、残余のLR－2では対応しきれない可能性あり。対応能力不足の場合、美ら島レスキュー参加のLR－2を引き抜くか、空自に依頼する必要あり。旅団長、要確認でよろしいか？」

生島の復唱で、斑尾にも何が起こっているのか分かった。大東島で大きな事故でもあったのだろう。複数の急患が発生し、美ら島レスキューに参加していないLR－2だけでは運びきれない可能性が出たのだと思われた。先日の副官茶話会中に発生した、沖永良部島からの急患空輸と似た状況らしい。

南大東島は、北大東島、沖大東島などとともに大東諸島を形成している。大東諸島の中では最も大きく、住民も多い。自衛隊の基地はないため、斑尾にもなじみは薄いが、沖縄本島から東に三四〇キロも離れた絶海の島々であるため、急患空輸が実施されることが多い。MRでたびたび耳にする島名だった。

距離があるため、急患空輸で使われるのはヘリではなく、固定翼のLR－2になる。へりでも飛べないことはないものの、時間がかかってしまうし、機内容積が小さいため、複数人を一気に運ぶことが困難なのだ。今回は、そのＬＲ－２でも搬送能力が不足する可能性があるようだ。

ＬＲ－２は、ホーカー・ビーチクラフト社製のスーパーキングエア３５０を改造したものだ。二基のターボプロップエンジンを持つビジネス機がベースであるため、機内は快適で患者輸送には最適だと聞いていた。陸自では、連絡偵察機ということになっているものの、急患空輸でのフライトが多く、実態は多用途機だ。美ら島レスキューの実働訓練では、広域搬送のための機体として、沖縄から鹿児島《かごしま》への空輸を行うという想定で訓練が行われているはずだった。

通常の急患空輸ならば、旅団長に報告することなく、担当部署が実施を決めるはずだ。今回は、美ら島レスキューの実働訓練にＬＲ－２が参加しているため、旅団長判断を求めているのだろう。

「了解。確認するが、訓練状況外で間違いないか？」

生島は、美ら島レスキューで付与された状況を、誰かが勘違いしたのではないということを確認し、旅団長のもとへ走って行った。

旅団長がどのように判断するかは分からない。しかし、これだけ大きな訓練に参加している機体を引き抜けば、影響は大きいだろう。そのための準備をしてきた人が大勢いるのだ。それも自衛隊員だけではない、広域搬送の実働訓練には、病院関係者が多数参加しているはずだった。

空自に依頼がまわってくる可能性が高かった。沖縄県が陸自に災害派遣を依頼しても、空自が派遣することも可能なのだ。斑尾が副官となってからも、一回だけ実例があり、MRで報告されたことを覚えていた。

斑尾は、携帯を取り出すと基地の代表電話番号に電話した。

「南西空司副官、斑尾二尉です。○×△▲に回して下さい」

基地の交換で内線番号を告げ、運用課に繋いでもらう。運用課は、副官室、総務課に次いで電話する機会が多い。内線番号はそらんじてしまっている。斑尾は、電話を交換から運用課に回してもらっている間に、溝ノ口がいるＶＩＰ席に向け、歩みを進めた。

電話がつながると、簡潔に伝達した。電話に出たのは、あまり話したことが多くない一尉だった。

「副官です。美ら島レスキューの会場にいますが、アクチュアルで南大東から災派調整があったもようです」

災派は、秘でもなんでもない。携帯で話しても問題なかった。アクチュアルというのは、訓練で想定されている状況ではなく現実だという意味になる。空自ではよく使われている用語だが、斑尾も副官になってから、頻繁に使うようになった。生島の復唱で聞いた情報を伝えると、斑尾は、陸自から依頼される可能性があることを告げた。

南大東島からの急患空輸を代わることのできる空自の機体は、U－125だ。U－125は、LR－2と同じホーカー・ビーチクラフト社が製造しているビジネスジェット機、ホーカー800をベースとして改造された機体だ。ただし、空自が採用した頃は、ホーカー・ビーチクラフト社ではなく、イギリスのBAe社が製造していたため、正確に言えばベース機体はBAe125－800だ。このため空自での機体名称もU－〝125〟となっている。

LR－2と同じく、ビジネス機がベースになっているため、機内は快適で、本来の任務である救難捜索だけでなく、急患空輸も可能だった。

斑尾が、話し終えるのと同時に、電話先の運用課が慌ただしくなった。斑尾からの情報を伝達する声だけでなく、他からも情報が入っているようだった。

「副官、U－125を上げる方向で、司令官に確認してくれ」

電話の先は、忍谷三佐に変わっていた。

「今、司令官のもとに向かっています。私から話しますか？」

斑尾は、状況を生島の復唱で聞いている。陸自からの正確な依頼として聞いてはいない。忍谷から話してもらった方がよいのではないかという確認だった。

「それなら、替わってくれ」

「了解。スタンバイ」

　斑尾は、溝ノ口のもとに駆け寄ると、席の横に膝《ひざ》を突いて携帯を差し出した。

「司令官、運用課です」

　それだけで、溝ノ口にも緊急の用件だと伝わる。忍谷は、状況を伝達し、陸自に代わってU－125で急患空輸を行いたいと告げたはずだった。溝ノ口は、一言二言確認すると、最後に言った。

「了解。そのように実施しろ」

　そして、無言で手渡した携帯を差し出してくる。斑尾は、携帯を受け取ると、黙礼してVIP席を後にする。携帯は、まだつながっていた。

「替わりました。副官です。何か情報、確認等ありますか？」

「陸自から正式に要請が来れば、U－125を上げることになった。それだけ承知しておいてくれ」

　斑尾は、了解を告げ通話を切った。随行者待機スペースに戻ると、ほっとひと息吐く。緊急時対応としては、なかなかうまくできたのではないかと内心で自画自賛した。

　それ以後は、特筆するようなことは何もおこらなかった。美ら島レスキューの視察は、つつがなく終了した。

＊

那覇駐屯地ゲートの正面は、来る時に見たおっきなパインを看板として掲げるパイナップルハウスだ。明るい黄色のおっきなパインを見ると、自衛隊施設を出たことを実感する。基地や駐屯地内では、迷彩は目にすることはできても、明彩色は少ないのだ。斑尾が、ひと息吐くと、後部座席の溝ノ口から声をかけられた。溝ノ口の口調もリラックスしたものだ。

「副官、先ほどの電話だが、なぜ俺《おれ》の携帯ではなく、副官の携帯にかけてきたんだ」

溝ノ口は、その時の雰囲気で自分の呼称を変えている。

「履歴を確認したが、着信はなかったぞ」

運用課の連絡ミスか携帯の不具合を疑っているのかもしれなかった。

「私の方からかけたからです。一五旅団の副官と話しながら訓練を見ていたのですが、旅団長が主催者なためか、副官に電話が入ってました。何が起きているのか分かったので、私の方から運用課に連絡して、先に情報を入れてました」

「なるほど。それでか」

溝ノ口の懸念はぬぐえたようだ。自分の携帯を睨《にら》みながら眉間《みけん》に寄せられていた皺《しわ》が消えている。

「そこまで気を利かせられる余裕が出てきたということは、副官も業務に慣れてきたようだな」

溝ノ口に評価されると素直に嬉《うれ》しかった。しかし、今日の視察随行だけでも、まだまだだということを思い知らされている。背筋がこそばゆい。

「精神的には余裕を持てるようになってきたと思います。ですが、訓練を見せて頂いただけでなく、一五旅団の副官からも、いろいろと教えて頂きました。まだまだです」

斑尾は、自戒を込めてそう言った。溝ノ口は、それを鼻息で吹き飛ばす。

「勉強は、いつになっても終わらない。俺だって同じだ」

「そういうものですか」

「当然だ。空自のことは知っていても、陸海自衛隊や他の官庁、そして県を始めとした自治体関係者と話していれば、目から剝《は》がれる鱗《うろこ》には限りがないぞ。中央に行って、内局や政治家と関《かか》わっても同じだ」

溝ノ口とて同じなら、安心しても良いのかもしれない。その反面、勉強すべきことがなくならないのならば、なお一層、気を引き締めなければならない。

斑尾が、これからも勉強の日々が続くことにため息を吐いていると、溝ノ口から追い打ちが来た。

「U－125を上げることにした件でも、同じかもしれないぞ」

「え、どういうことでしょうか？」

「訓練にLR－2を使用してしまえば、アクチュアルに投入できる機体が不足するのは当然だ。そうなればバックアップ手段を確保しておかなければならない。そうした思考は、運用者ならば当たり前だ。恐らく、事前に調整もされていたんだろう。だからスムーズに調整が来たんだ」

なるほど。そうなのかもしれない。運用課に聞きに行かなければならない。今日は生島に教えを受けたばかりだ。斑尾は、再びため息を吐いた。

＊

斑尾は、庁舎二階の廊下中央部にあるセキュリティドアにＩＤをかざして通過した。この先は、防衛部の各課など特に厳しい保全が求められるエリアだ。溝ノ口を特借宿舎に送り届けた上、必要最低限の残務を処理してきたので、課業が終了してから二時間ほど経過している。今日は、ナイトがなかったが、まだ多くの幕僚は仕事中だろう。

運用課の島に行くと、案の定、忍谷は自分の席にいた。

「忍谷三佐、今日はお疲れ様でした」

斑尾が、美ら島レスキュー中に連絡した災害派遣のことを言うと、忍谷は「おう」と応えて笑顔を見せた。

「ほんのちょっとだが、早めの情報をもらえたから身構えることはできたよ。まあ、打ち合わせてあったことだから、その通りに動いただけだけどな」

やはり溝ノ口が言うように考慮してあったらしい。

「訓練中にアクチュアルが発生したら、空自から出すことになってたんですか？」

「いや。状況によるから、そこまでの打ち合わせはしてない。ただ、普段より能力が下がっているのは間違いない。困難な状況が発生したら、美ら島レスキュー参加機は、そのまま訓練参加を続行させて、空自に依頼するかも、とは言われてた。だから、大東諸島や与那国、ＬＲが飛ぶような場所で事故でも起こって急患空輸になれば、こちらから１２５を出すことになるだろうと思ってたよ」

「そうだったんですね」

そうなると、やはり気を利かせたつもりでも、大して役に立たなかったことになる。

「どうかしたか？」

斑尾ががっくりきていると、忍谷から声をかけられた。傍目《はため》にも分かったようだ。そのことを説明すると、忍谷は椅子《いす》にふんぞり返って声をあげた。

「あったりめぇだろ。副官が一瞬で気を回すようなことを考えてなかったら、担当として無能だって言われちまうじゃねぇか」

「そう言われてみれば……確かにそうですね」

斑尾が、今日何度目かのため息を吐くと、なぐさめのつもりなのか、口調を変えた忍谷が言った。

「でもまあ、センスは悪くない。頭の良し悪《よあ》しとはちょっと違う。こういうのは、結構センスなんだ」

お世辞なのかもしれないが、それでも少し気が楽になった。気を取り直して、ついでに聞いておこうと思ったことを尋ねる。

「一五旅団の副官から、伺ったんですが、沖縄県は防災にあまり積極的ではなかったのでしょうか。美ら島レスキューは、今でこそ共催ですが、もともと陸自だけが主催で、県を引き込んだという話だったんですが……」

「それは、あっち」

そう言って、忍谷は防衛課の島を指さした。斑尾の言葉を聞きつけたのか、栗原三佐が斑尾を見ていた。実際に災害派遣を行う際の運用は運用課の所掌《しょしょう》でも、防災訓練については防衛課だった。防災計画を防衛課で作るかららしいが、どうにも混乱する。聞いてはいたし、話もしているのだが間違える。

「すみません。栗原三佐」

聞こえていたようにも思ったが、斑尾は、改めて同じ質問を栗原に投げかけた。

「陸自の見解と違うのかもしれないが、俺は、沖縄県が防災に積極的じゃないとは思わないよ。美ら島レスキューだって共催だし、津波想定も専門家に委託して、しっかり検討して作っている。自衛隊との関係にしても、物理的に近い距離にいるせいか、調整は十分にできている。ただ、俺も他の県を知っている訳じゃないから、他と比較したらどうか分からない。東海地震や南関東直下地震、それに南海トラフ地震を警戒している都府県は、相当に準備しているはずだ。だから、それと比べたら……というのはあるかもしれない」

「そうですね」

当然、斑尾も他府県の状況など知らない。すごいと思った沖縄県の訓練が、他と比べたら遅れているということだって、あり得る話だった。

「そういう話が聞きたかったら、それこそ五高群司令に聞けばいいだろ」

斑尾が、またしても勉強が必要だなと思っていると、意外なことを言われた。

「五高群司令ですか？」

栗原は、肯いた。

「ずいぶん前、当然、南混団だった頃だが、ここに居たらしい」

栗原は、真下を指さした。

「南混団の司令部にですか？」

南西航空方面隊は、二〇一七年に改編されるまで、南西航空混成団、略して南混団と呼ばれていた。その司令部で勤務していたのだろうか。しかし、栗原は首を振った。

「ココだ！」

栗原が、指先でトントンと叩くようにして差したのは、彼の机だった。

「え、栗原三佐のポジションだったんですか？」

今度は、黙ったまま首を縦に振る。五高群在籍時に聞いたことはなかった。

「おかげで、いろいろうるさくてなぁ」

栗原は、心底といった様子でぼやいた。業務をよく承知しているので、細かいことを言ってくるのだろう。

「昔の沖縄県防災についても承知しているし、他でも似たようなポジションに就いたことがあったらしい。過去、それに他県と比較してどうなのかは、詳しいはずだ。以前の上司だろ。聞いてみたらいい」

ちょうど良かった。週末に呼ばれていたからだ。

「ありがとうございます。今度、聞いてみます」

＊

年度末や夏、自衛隊にはある程度決まった異動時期がある。それでも、時期外れの異動もある。ある程度上の人が何らかの理由で異動した場合、ドミノ式に関連職種の下の人間に、急な異動が命じられることがある。今回もそうだった。

弾薬と高射関係の補給を任とし、入間《いるま》基地に所在する第四補給処で、かなり上の人がパワハラを理由として異動になったらしい。そのあおりで、遠く離れた沖縄の第五高射群でも、本部の整備班長と指運隊長が異動になったそうだ。

群司令から、『世話になった指運隊長が異動になるのだから、お前も来い』と呼ばれていた。群本部の幹部と各隊長を集めた送別会をやるのだそうだ。ただし、感染対策が必要なため、密にならないよう、瀬長島でバーベキュー形式で実施される。

週末の土曜日、もうすぐ南中する太陽に照らされながら、斑尾は自転車で瀬長島に向かった。斑尾の特借宿舎から、那覇空港ランウェイの南に浮かぶ瀬長島まで一キロ少々。自転車ならすぐだ。自転車とはいえ、帰りは飲酒運転する訳にはいかないが、歩いて帰ってきたところで大したことはない。ジーンズにかりゆしウェアという出《い》で立《た》ちで、坂を下る。

瀬長島は、島とはいえ、豊見城警察署のある交差点から、瀬長島海中道路でつながっているため、車や自転車で渡ることができる。島に渡ると、四面の野球場が右手に現れた。その先は、ホテルなどの観光施設が建ち並んでいる。ホテルは、滑走路の南側エンドから五〇〇メートルくらいしか離れていないため、離着陸のたびに轟音《ごうおん》が聞こえてくる。これほどうるさいホテルもそうそうないだろう。逆に、飛行機好きにはたまらないかもしれない。

バーベキューを行う海岸に行くと、五高群本部の空曹三人がたむろしていた。

「お疲れ様です」

参加メンバーは、群本部の主要幕僚に各隊長だ。斑尾も十分に下っ端なので、手伝いますよと言った結果、この時間に集まるように言われていた。

「お疲れ様です。まだ車が来てないんですよ……と言った矢先に来ましたね」

斑尾に声をかけてきた防衛班の空曹は、駐車場に滑り込んできたワンボックスカーを見ていた。今日の資材運搬係らしい。斑尾も手伝って荷物を浜に運ぶ。

参加メンバーが少ないので、今日は市販のバーベキューセットだ。これなら斑尾にも運べた。部隊単位で行うバーベキューだと、ドラム缶を縦に切ったものなど、巨大なバーベキュー用具が用意される。そんなものだと四人がかりでないと運べない。

「火起こしとか、焼きは決まった人がいるんですか?」

どこの部隊にも、大抵鍋奉行《なべぶぎょう》ならぬ、バーベキュー奉行がいる。その場合、手伝いが必要ないどころか、手を出すと怒られることになりかねない。奉行がいるなら、任せて他のことをした方がよいのだ。

「私がやりますから、野菜を切ってもらっていいですか?」

声をかけてきた空曹に野菜係を割り当てられたので、斑尾がひたすら野菜を切っていると、ぼちぼちと群本部の幹部と隊長連が到着する。最後に、五高群司令、護国寺《ごこくじ》一佐が到着すると、バーベキューが始まった。もっとも、準備要員を含め、三々五々到着した者は、とっくに飲みはじめている。群司令の音頭で、乾杯をするだけだ。

「指運隊長と整備班長の異動先での活躍を祈念して、乾杯！」

斑尾は、世話になった指運隊長、峰村《みねむら》三佐に挨拶する。

「お世話になりました。私としては、もう少し峰村三佐の下で仕事をさせて頂きたかったんですが」

半分はお世辞だった。特技が同じ高射運用の上、期別も近い。またどこかで一緒に仕事をしたり、部下になる可能性もある。良好な関係を維持しておく必要があった。

「上に引っこ抜かれたんだ。仕方ない。それに、私の異動だって急な話だ。運用小隊の連中が大変だろうが、頑張ってもらうしかない」

峰村は、そう言うと、副官について尋ねてきた。

「希望に沿わない異動だっただろう。実際にやってみてどうだ？」

「確かに、当初は希望に沿わなかったんですが、今は、一生懸命やってみようと思っています。やっと着任関係行事が終わって、少し落ち着いて来たんですが、それでも、日々勉強することばかりで大変です」

斑尾は、苦笑しながら言った。

「実は、ちょうどいい機会なんで、今日も群司令に教えてもらおうと思っていたことがあるんです」

峰村に美ら島レスキュー関連で聞いた防災訓練と災害派遣について話すと、難しい話をするなら、早い方がいいと言われた。斑尾は、群司令と共に酒を飲んだことがなかったが、あまりアルコールに強い方ではないそうだ。酔うと同じ話がループするらしい。

「それなら、今のうちに行ってきます」

もう一人の異動は、群本部の整備班長だ。あまり面識はない。後で簡単に挨拶だけすればいいだろう。斑尾は、布製のリゾートチェアでくつろぐ護国寺のもとに向かった。

「お疲れ様です」

斑尾は、簡単に挨拶すると、すぐに本題に入った。護国寺とは、顔を合わせる機会は多い。溝ノ口が参加する各種会合に、護国寺も出ていることが多かったし、それ以上に、昼食の際に食堂の出口で溝ノ口を待っていると、先に護国寺が出てくることがよくあった。込み入った話をする時間は取れないものの、挨拶だけは週に何度も交わしている。

「実は、教えて頂きたいことがあるんですが」

「何だ？　安売りはできないぞ」

すでに酔いが回り始めているのかもしれない。斑尾は、下らない冗談を苦笑を浮かべて無視する。こんなものにつきあっていたら、本題を聞けなくなるかもしれない。

美ら島レスキューでの話をかいつまんで説明し、栗原に群司令から聞けば良いと言われたことを伝えた。

「一五旅団の副官は、陸自が美ら島レスキューを主催し、それに県を引き込んだのだと言っていました。あまり防災に積極的ではなかった沖縄県を、訓練を通じて意識改革したというような趣旨のことを。ですが、南西空司の栗原三佐は、県が防災に消極的だとは思っていないと仰っていました。防災訓練や災害派遣での調整でも、県との関係は良好だそうです。ただ、他県と比べてどうかは、群司令の方が詳しいんじゃないかと……」

斑尾がそう告げると、護国寺は、赤くなりはじめた顔を引き締め、質問を投げてきた。

「美ら島レスキューを見て、どう思った？」

「結構高度な訓練をしていると思いました。ただ、私も他県の同種訓練なんて見たことはありません」

斑尾は、素直な感想を口にした。

「そうだな。想定や付与している状況も、それなりに凝ったものを作っているのは知っている。それをブラインドでやっているんだ。程度が低いということはない」

斑尾は、肯いてみせた。自然と緊張していた頬が緩む。

「だが、ここまで来たのは、やはり陸自のおかげだろう。まあ、一五旅団副官の感想には、多少の身びいきもあるだろうが、一五旅団、そして美ら島レスキューの功績は大きいはずだぞ」

護国寺は、そう言うと、過去を思い出すかのように視線を空に向け、日差しに目を細めた。

「もう二十年くらい前になるか。阪神・淡路大震災の少し後だ。沖縄県が、図上訓練をやると言うんで、自衛隊としても参加して欲しいと言われた。で、南混団のプレーヤーとして、俺が県庁まで行ったんだ。当時は、まだ一五旅団が第一混成団で、人数も今よりかなり少なかったし、団長も一佐だった。それもあって、災害派遣でも、沖縄の自衛隊側の窓口は、南混団だった」

護国寺は、ビールで口を潤して言葉を続ける。

「訓練は、大した打ち合わせもなく始まった。震災の状況が告げられ、関係者が登庁したという想定だった。当時は、まだ津波はそれほど警戒しておらず、地震の被害だけを考えていた。だが、まあこれは仕方ないだろう。全国的に、津波を今ほど警戒するようになったのは、東日本大震災の後だ」

さすがにメモは持って来ていない。斑尾は、聞き逃さないよう、精神を集中させた。

「俺は、それ以前にも、入間と浜松でそうした訓練に参加したことがあった。それぞれ、南関東直下型地震と東海地震を警戒している基地だ。津波の想定は、今になって考えれば甘かったが、訓練としては、今の美ら島レスキューと変わりないレベルのものができていた」

護国寺は、空になったビールの缶を軽く振って見せた。斑尾は、すぐさま別の缶を開け、手渡す。

「入間の時だ。俺は統裁部に入ったんだが、状況付与票を積み上げたら、厚さが三センチくらいになった」

統裁部というのは、美ら島レスキューの会場に設けられていた状況付与部のようなものだ。訓練の中断などもコントロールする、より権限の大きな組織だ。

「厚さが三センチだぞ。それを付与して訓練の状況が進むんだが、プレーヤーの部隊は、統裁部の思惑とは違う行動を取る。おかげで、厚さ三センチの状況を、随時修正してかなきゃならない。めちゃくちゃ大変だったが、参加者はめちゃくちゃ訓練になったと言ってくれた」

語り口は、すでに、一等空佐のものとは言い難かったし、話も飛びがちだ。それでも、護国寺が言いたいことはよく分かった。

「それだけの訓練に参加した経験があったから、沖縄の図上訓練でも、状況に合わせて、自衛隊の動きを伝えることは難しくなかった。想定も、付与される状況も、至極簡単なものだったからな」

護国寺は、そこで大きく息を吸った。

「ところがだ、俺がしゃべると、何か空気が変なんだよ。知事は忙しいのか別の人間が代役をやってたが、部長クラスは本人が参加している訓練だった。頭は悪くないはずだ。だが、俺の言ったことが理解できないって顔をしてやがった。それに、そいつらはえらく棒読みで、ちっとも状況の人じゃなかった」

状況の人というのは、訓練で想定されている状況にしっかりと入り込めている人、いうなれば迫真の演技ができている人のことだ。

「俺とは大違いだ。その場じゃ、俺だけがまともな役者だった。で、何度か俺がプレーヤーとして口を開いた後に、さすがに俺も何か変だって分かった。だからしばらく発言を止めた。つまり、演習状況の中で、その間は、自衛隊が動かなかった」

護国寺は、リゾートチェアから体を起こして、顔を近づけてきた。

「どうなったと思う?」

空気が変とは言え、自衛隊の動きが分からなければ、訓練に参加している県の関係者は困るだろう。斑尾は、必死に想像力を働かせた。

「自衛隊の動きを聞いてくると思います」

護国寺は肩をすくめて言った。

「ハズレだ」

斑尾の頭の中が白くなる。

「な~んにも聞かれなかった。県の訓練状況の中では、途中から自衛隊が全然動いてなかった。それでも、全く支障なく進んで行くんだ。俺は『なんだコレは』と思った。結局、訓練が終了する頃になってやっと分かった。俺は、当たり前にブラインド訓練なんだと思ってた。だが違った。その時、沖縄県がやってた訓練は、役も台詞《せりふ》も、何もかも、ぜ～んぶが決まっているロールプレイだったんだ。そこに自衛隊役の俺がいても、台詞はなかった。大震災が起こっても、自衛隊が動く必要が、全くなかったんだ」

護国寺が一気に話しても、斑尾の頭の中は真っ白なままだった。理解が及ばない。いくら二十年前とは言え、とても県が行う訓練とは思えなかった。

「阪神の後だったから、沖縄県としても、やらざるを得なかったんだろう。だが、本当にやらざるを得ないからやった、というだけの訓練だった。セリフまで決まっているロールプレイは、空自ではやってない。だが、陸自は、防災に限らず、新しいことを始める時にやることがあるみたいだな。どこかで聞きつけて、それをマネしたのかもしれない」

入間基地のある埼玉《さいたま》、浜松基地のある静岡に比べれば、当時の沖縄県のレベルは、確かに低かったのだろう。しかし、技量の低さは、積極性が欠如していることを示すものではない。やっと戻って来た思考力を巡らせ、斑尾は問いかけた。

「しかし、当時のレベルが低かったとしても、遅まきながらもやる気を出した結果、今の美ら島レスキューがあるということはないですか？」

「可能性がないとは言えない。だが、防災に関して、沖縄が特殊なのは確かだ」

そう言うと、護国寺は、またビールをあおって別の記憶を呼び覚ましていた。

「確か、その翌年だったと思うが、県の防災訓練を実働でやることになった。場所は、久《く》米《め》だったかな。海岸近くの運動場を使って、訓練というより展示、つまり県民に対する啓発の意味が強い訓練をやることになった」

「結構、あちこちでやってますね」

斑尾の言葉に、護国寺が肯く。

「瓦礫《がれき》や廃材を積み上げて、模擬被災者の救出をやるとかな。自衛隊や消防が、こうしたことをやるんだと県民に見せることも重要だ。で、離島での訓練だったから、今で言う広域搬送のために、被災者をCHで運ぶという項目を入れることになった。ところがだ。県の担当者は、CHのランディング場所を、会場となっている運動場とは別の、少々離れた場所にすると言い出した。CHでの搬送は、展示としては見栄えがいい。離島で暮らす人にとっては、大規模な搬送手段があるということを見せ、安心させる良い機会だ」

斑尾が肯くと、護国寺は、アルコール臭い息といっしょに、怒りを吐き出すかのように言葉を継いだ。

「当然、運動場でやるべきだと言った。十分な場所はあったんだ。だが、県は折れなかった。県が主催で、自衛隊は協力する立場だったから、あまり強いことも言えない。だが、俺がプリプリ怒っているのが分かったんだろうな。後で県の担当者がこっそり教えてくれた。自衛隊を県民の目に入らないようにしろと指示が出ていたそうだ」

「え？」

またしても絶句させられた。

「知事なのか、部長なのか、誰なのかは教えてくれなかったが、県の上の方からそう指示が出ていたんだそうだ。指示が出るまでは、県の担当者も、運動場にランディングさせるつもり、展示の目玉にするつもりだったようだ。それが、当時の沖縄県防災だった。今とは、えらい違いだろ？」

護国寺は、そう言うとまたしても、別のクイズを出してきた。

「退職自衛官の再就職先に保険屋が多いことは知っているだろう。なぜだと思う？」

「それは、自衛官の保険加入率が高いからじゃないですか？」

それを聞いた護国寺は、苦い顔をした。

「加入してくれたお礼に自衛官を採用しているとでも言うつもりか？　自衛官を保険に加入させるなら、可愛《かわい》い新卒を採用した方がよっぽど効果的だろうが」

確かに、その通りだ。

「すみません。分からないです」

斑尾が降参すると、護国寺はスマホを取り出した。斑尾が覗《のぞ》き込むと、何やら検索しているようだった。

「リスク管理とか、危機管理とか、そういうものを調べていると、コンサルタントや保険屋、それに自治体の資料に当ることがあるだろう」

護国寺は、そう言いながらスマホの画面を見せてくれる。

「PDFの資料だが、どこかで見たような気がしないか?」

内容は、企業における危機管理のためにトレーニングをしましょうというものだったが、当然、そんなものに見覚えはない。しかし、貼《は》られているオブジェクトやイラストの種類、色使いという点では、確かによく目にする少々野暮ったい資料だった。

「雰囲気は、自衛隊の資料っぽいですね」

護国寺が肯いた。

「作ったのは、退職した自衛官だろう。保険屋に限らず、インフラ関係の企業や危険物を扱う企業が退職自衛官を採用する理由の一つは、災害や事故に対する危機管理を考える上で、思考の方法を知っているからだ。そういうことをやらせれば、自衛隊でやってきたことの延長として、やれてしまう人材が多いからだ」

護国寺は、ビールをあおって肩をすくめる。

「まあ、応用力のない奴《やつ》はダメだがな」

「そのお話は理解できましたが、それが沖縄県の防災に関係するんでしょうか?」

「お前も、頭が硬いな」

関連はあるのだろう。それこそ応用を利かせれば考え付くはずだと言いたいのかもしれない。斑尾は、必死に思考を巡らせた。

「自治体も退職した自衛官を採用するということですか？」

斑尾が、小声で言うと護国寺は肯いた。

「防衛白書にも載っていたと思うが、防衛省のサイト内に、『退職自衛官の地方公共団体防災部署における再就職』みたいな資料があるはずだ。探してみろ」

斑尾がスマホを取り出し、『退職自衛官　地方公共団体　防災』と打って検索すると、資料は直ぐに見つかった。

「ありました。『退職自衛官の地方公共団体防災関係部局における在職状況』」

護国寺は、何も言わずにビールを飲んでいる。

「都道府県に百名以上、市町村レベルでも五百名近くもいるんですね」

「危機管理を知っているだけじゃない。災害派遣を熟知した自衛官は、自治体が自衛隊に派遣要請する際の調整役としても最適だ。自治体の防災部門への退職自衛官採用が始まったのは、阪神・淡路大震災の後からだ。俺がここでびっくらこいていた頃から、少しずつ始まってた。それが東日本大震災で更に増えた」

護国寺は、さらにビールをあおる。

「防災関係機関、警察やら消防は、災害がなくても仕事がある。まあ消防は、火災も災害だが、普段から仕事があるってことでは同じだ。大震災や津波が発生すれば、その普段の仕事も、更に増える。人命救助をやろうとしても、それほど余力があるわけじゃない。災害の態様に合わせて投入できる予備戦力は自衛隊だけだ。それに、自衛隊は、部隊によっては、特殊な能力を持っている。それを効果的に使うためには、自衛隊のことをよく分かっている人間が必要だ」

斑尾は肯いた。

「だから、これほどの退職自衛官を採用しているんですね」

「北海道なんかは、それだけじゃないがな。他の理由、自衛隊のご機嫌取りという側面もある。が、まあ、これは別の話だ。ほとんどの自治体は、やはり防災機能の充実を図るために退職自衛官を採用している」

よく分からなかったが、別の要素もあるようだ。斑尾は、資料のページをスクロールしながら、チェックする。資料は、北から順に記載されていた。

北海道は、道庁に複数人、それにかなりの数の市町村が退職自衛官を採用していた。多くの県では、県庁に一名、大きな市が一名を採用しているところが多い。都道府県レベルでも、市町村レベルでも、複数人を採用しているところもある。東京都に至っては、都庁だけで十名近くも採用していた。神奈川や福井も多い。米軍基地や原発があるためだろう。静岡も多いのは東海地震を警戒しているためか。広島、長崎も多かったのは、呉《くれ》や佐世保《させぼ》があるからかもしれない。徳島が多い理由は分からない。九州は、近年災害が多いからか、おしなべて多かった。そして沖縄……

「え⁉」

斑尾は、思わず驚きに声を上げてしまった。

「沖縄県は、ゼロなんですね。那覇基地のある豊見城市と離島の村にそれぞれ一名がいるだけで、県庁はゼロですか……」

斑尾は、慌てて資料を逆にスクロールする。他の都道府県で、ゼロのところを探す。しかし、それは見つからなかった。

「沖縄だけですか……」

斑尾は、ため息を吐きながら呟いた。

「沖縄は、一貫してゼロだ。陸自一五旅団も空自南西空も県庁の近くにある。調整はし易いというのはあるのかもしれないが、似たような条件の都道府県は多い。理由にはならないな」

県民感情……斑尾は、その言葉を思い出して、まぶたを伏せる。かなり良くなっているはずだ。それでも、こういうことがあるのだ。しかも、県民にとっても実害がある。それは、大災害が起きない限り顕在化することはないだろう。だが、起きた時には遅いのだ。助けられたはずの命が、失われる可能性が高いのだった。

「群司令の言われたことが分かりました。確かに、陸自が引き込んだのでしょうね。そして、それはこれからも必要……」

「そうだ。陸自だけに任せる訳にはいかない。空自も、そしてお前も、仕事をしなきゃいかんのだ」

斑尾は、クーラーボックスから缶ビールを取り出して開けた。そして缶を掲げて乾杯の仕草をする。

「群司令もですよ」

「いつまで仕事をさせるつもりだ。大体、俺もそろそろ声がかかる」

護国寺も、そろそろ異動時期なのだ。

「それまでは、です。それに、また教えて頂きたいことが出てくるかもしれません」

「ま、昔話が聞きたければ、教えてやるぞ」

護国寺は、まぶたを閉じて、リゾートチェアに身を預けた。急に周囲がうるさくなる。海岸の喧噪《けんそう》や航空機の騒音は変わらない。護国寺の話に集中していて、聞こえなかった音が再び聞こえてきた。

「少しずつ良くなってきていると思ってたんだけど、まだまだなんだなぁ」

斑尾は、西の海を見やって独りごちた。

「どうしたらいいんだろ」

ふと、唯が美ら島レスキューに興味を持っていたことを思い出した。参加する機会があるのであれば、勧めるのだったと後悔する。

「沖縄だけ……なんて現実も、知ってもらわないと変わっていかないよね」

斑尾は、唇を噛《か》みしめた。

エピローグ

副官室前の廊下を歩く衣擦《きぬず》れの音が聞こえてきた。幕僚《ばくりょう》だとすれば、司令官室に入っていた整備課の芹沢三佐《せりざわさんさ》だ。副司令官室も幕僚長室も『入室可』だった。幕僚は、誰《だれ》も入っていない。斑尾が顔を上げて廊下を確認していると、芹沢三佐が、軽く手を上げて通り過ぎようとした。斑尾は、目礼して見送った。

基本的に、副官室は静かだ。ＶＩＰの部屋が近いため、大きな声を出すことははばかられる。できるだけ言葉を交わさずに済むよう、それぞれが、気を利かせて動かなければならない。

三和が、司令官室の入室状況表示ランプを変えようとしてスイッチに手を伸ばした。ようやく副官付業務に慣れてきたのだ。

しかし、今日はそれを押しとどめる。斑尾は、軽く手を上げて言った。

「そのままで。私が入るから」

斑尾は、クリアファイルに入れた原稿を持って立ち上がった。

斑尾は、全VIPの部屋が空くのを待っていた。斑尾が用があるのは溝ノ口だけだったが、通常の報告は、決裁にせよ報告にせよ、幕僚長、副司令官とステップを踏む。溝ノ口への報告、指導受けは、少し長くなる可能性があったので、司令官室だけでなく、副司令官室と幕僚長室も空くタイミングを待っていたのだ。

「ちょっと長くなるかもしれない。私が入っていても、司令官報告のある人が来たらインタラプトしてね」

「もしかして、例の原稿ですか？」

村内は勘も鋭い。斑尾は、苦笑してクリアファイルを掲げて見せた。

「当たり。急ぎじゃないから、幕僚を優先して」

斑尾は、司令官室の入り口に立ち、深呼吸して言った。

「副官、入ります」

厚い絨毯《じゅうたん》を踏みしめて、執務机の前に立つ。

「『翼』の原稿案です。ご指導をお願いします」

クリアファイルから原稿を取り出し、執務机に置く。

「だいぶ良くなったみたいだな」

溝ノ口は、原稿に目を通す前にそう言った。斑尾は、意味を理解できなかった。

「自信があるんだろう？　今度は自分で持ってきたくらいだ」

　前回は、溝ノ口の登庁時に、机の上に置いておいた。溝ノ口は、そのことを言っているのだった。確かに、今回は自信らしきものはあった。少なくとも、書いてある内容は、今の本心だった。

「前回のご指導を踏まえ、また司令官の訓示を参考にしつつ、自分の気持ちを、そのまま書いたつもりです。ただし、就任前の災派《さいは》とミサイル防衛の両立の話ではなく、最近の業務で感じたことをベースにして書きました」

　そう告げると、溝ノ口は老眼鏡をしっかりとかけ直して、原稿を読み始めた。原稿は、それほど長いものではない。すぐに読み終わるはずだ。斑尾は、メモを手にしたまま、休めの姿勢で待った。

　溝ノ口は、かなりゆっくりと読んだようだ。読み始めから、三分くらい経《た》った頃《ころ》、おもむろに言った。

「いいんじゃないか。特に、宮古島でホテルを別にした件を書いたのは、女性副官、というか、司令官と異なる性別の副官が就くことの問題として、誰にも分かりやすい例を示せているのはいいだろうな。その問題をパイオニアとして切り開いて行くという決意も、前向きで評価できる。それに、宮古島で地域への配慮を学んだことや、美ら島レスキューを通じて県に変革をもたらしてきたことを学んだ。そうしたことに意を払いたいというのも、読ませる内容だ」

斑尾は、ほっとして口を開く。

「ありがとうございます。何とか、恥をかかずに済みそうです」

それを聞いた溝ノ口は、すこしずり落ちたメガネの奥から、レンズを通さずにあきれたような視線を送ってくる。

「内容は……な。文章は、もう少しなんとかしろ。渉外広報班長に見てもらえばいい。掲載するのは『翼』でも、読み物なんだぞ。報告文書じゃないんだ。文章が硬すぎる」

それは、斑尾も自覚していた。自分で読み直した時にも「硬いなぁ」と漏らしてしまったくらいだ。ただ、自覚していても、直すことは至難の業だった。水畑に見てもらえと言われたことは、助かった。自分で何とかしろと言われていたら、しばらく悩み続けなければならないところだった。

たとえ水畑が嫌な顔をしても、「司令官から指導を受けろと言われました」と言えば、手を貸してくれるだろう。

「分かりました。渉外広報班長にご指導を頂いた上で、掲載してもらうようにします」

副官室に戻る廊下で、足どりが軽かったのは、ふわふわした絨毯のせいばかりではなかった。やっと、ここ一ヶ月ほどの懸案に目途《めど》がついたのだ。

未来は明るい。斑尾は、そう感じていた。現実は、そう甘くないにもかかわらず……

Haruki Bunko
ハルキ文庫

あ 33-2

航《こう》空《くう》自《じ》衛《えい》隊《たい》 副《ふく》官《かん》 怜《れ》於《お》奈《な》❷

著者 数多《あまた》久《く》遠《おん》

2021年5月18日第一刷発行

発行者 角川春樹

発行所 株式会社角川春樹事務所
〒102-0074 東京都千代田区九段南2-1-30 イタリア文化会館

電話 03(3263)5247(編集)
03(3263)5881(営業)

印刷・製本 中央精版印刷株式会社

フォーマット・デザイン 芦澤泰偉
表紙イラストレーション 門坂 流

ISBN978-4-7584-4404-0 C0193 ©2021 Amata Kuon Printed in Japan
http://www.kadokawaharuki.co.jp/[営業]
fanmail@kadokawaharuki.co.jp[編集] ご意見・ご感想をお寄せください。